Les petits livres de conte,
je suis sûr que vous les bénissez
comme moi, de venir rompre
par leurs récits la monotonie
de ce monde prosaïque.

CHARLES DICKENS,
Le Grillon du foyer

Première partie

Chapitre 1

Où l'on fait la découverte d'un lieu, d'une époque et d'un petit garçon

À l'heure où débute ce récit, en cette nuit froide du jour et du mois de l'année, le 16 octobre 1851, les habitants de Cokecuttle dormaient paisiblement, abattus par leurs longues heures passées aux ateliers et aux usines.

Dans cette lointaine ville du Lancashire, la nature, les landes, les bois clairs, les pâturages herbeux étaient aussi éteints que s'ils n'avaient jamais existé ; les tours noirâtres des manufactures avaient envahi le paysage depuis longtemps. Cokecuttle était autrefois un petit village de pêcheurs ; c'était maintenant une cité industrielle sans âme, couverte par la suie, le coke des hauts fourneaux, la houille grasse, la fumée des machines. Les familles d'ouvriers y vivaient dans de sordides lotissements noyés entre les fabriques et les dépôts de charbon.

Ce soir, tout était silencieux et immobile.

Une nuit sans lune.

Pourtant.

Pourtant *tout* ne dormait pas dans la ville...

S'il était possible au lecteur de ce petit conte (que nous imaginons allongé dans sa chambre ou blotti sur un strapontin de métro), s'il lui était possible de se suspendre provisoirement dans les airs de Cokecuttle, oh ! pas trop haut, mais, mettons, à une cinquantaine de pieds, il pourrait visiter à la manière d'un esprit bienveillant le dessus des ruelles et des places de la ville. Là, il apercevrait dans l'éclat cuivré des becs de gaz un spectacle surprenant : en dépit de l'heure tardive, sur trois placettes, une quarantaine de garçons, âgés d'entre sept et douze ans, étaient répartis en trois équipes, sous l'autorité de trois adultes.

Le lecteur, étant assez haut pour ne rien perdre de la scène, pourrait alors se poser la question soufflée depuis quelques lignes par l'auteur : mais que se passait-il ?

Un rendez-vous annuel, et de premier ordre, voilà ce qui se passait.

« Un rendez-vous d'enfants, en pleine nuit ? »

Hélas. Il va sans dire que ces enfants n'étaient pas là pour s'amuser, mais bien pour *gagner un travail...* Un travail qui les sauverait de la misère.

À l'époque, les petits dans les villes avaient, en termes de rémunération, un choix notablement restreint et cruel : ils pouvaient trier les poubelles des propriétaires, faire la chasse aux rats pour le compte de la mairie, intégrer une filature ou une usine de confection de bouteilles où leurs petits doigts étaient très estimés, réduire de la caillasse en vue de la construction de nouvelles routes, ou encore aller patauger à la marée basse dans les cours d'eaux usées de la ville à la recherche d'une pièce ou d'un objet à revendre bon marché. Ce dernier travail, les petons nus dans la boue et l'urine, hiver comme été, pouvait passer pour l'existence la plus abominable, mais ce serait omettre les gamins exploités dans les « tanneries », usines de traitement des cuirs si infectes et si empuanties de réactifs chimiques et de chairs mortes qu'elles étaient bâties à une grande distance des villes.

Restait un métier cependant. Mieux peut-être, un statut. Et que tout le monde appréciait : les petits ramoneurs !

La recrudescence des ateliers et des foyers chauffés au charbon avait, depuis quelques années, assuré un travail quotidien réservé à l'enfant. Il n'en fallait pas davantage pour pousser les orphelinats et les familles sans ressource à proposer leurs chérubins à la merci des Maître Ramoneurs.

L'enthousiasme était tel que les candidatures surpassaient les besoins des villes et qu'on devait instaurer des épreuves et des concours pour sélectionner les plus capables.

C'est très exactement ce qui se déroulait cette nuit, à Cokecuttle.

Ici, trois Maîtres Ramoneurs opéraient avec le tampon des autorités ; leurs effectifs étaient très en deçà des mille deux cents enfants qui œuvraient sur les toits de Londres, mais Cokecuttle s'étendait à grands pas et l'on pensait déjà à établir une nouvelle concession.

Cette nuit, sur la quarantaine de postulants, douze étaient regroupés sur la « Place des Fêtes », sous l'autorité du Maître Lucius Lavander. L'homme était petit, ancien ramoneur lui-même, il avait une trentaine d'années. Il montrait un visage ovale, des cheveux en broussaille, des favoris en côtelettes, des yeux en tête d'épingle et un teint enfariné. « C'est un nain glabre », disait-on. Une jaquette jaune d'un effet très visible et des bottines de soldat gagnées à un jeu de dés achevaient de le rendre ridicule.

Pour l'épreuve de ce soir, l'exercice que Lucius avait choisi était aussi simple que ravageur : une course d'adresse et de vitesse. Des mouchoirs avaient été suspendus à l'extrémité de quatre des nombreuses cheminées qui entouraient la place ; les candidats partiraient ensemble et les premiers qui dénicheraient le fichu caché remporteraient le concours. C'était une épreuve excellemment pensée pour se rompre le cou et rendre sa jeunesse à Dieu.

Lavander n'ignorait pas que, dans la troupe de garçons alignés devant lui, le jeune âge et les guenilles dissimulaient certainement quelques petites filles poussées par leurs parents à taire leur nature ; son cœur se serra, mais : « Les temps sont difficiles pour tout le monde, se dit-il. Et qu'y puis-je moi, si le Diable n'est pas mort ? » Il secoua la tête et oublia les fillettes apeurées, le teint olivâtre et maladif de certains enfants, comme les dangers absurdes de son examen.

L'un des douze malheureux maigres et faméliques se montrait plus attentif et plus vif que les autres.

Il avait neuf ans et s'appelait Harold Gui.

Harold, parce que, orphelin de père et de mère, il avait été abandonné au seuil d'une abbaye de Stanfield, au matin de la Saint-Harold.

Gui, parce que le jeune prêtre qui, ce jour-là, ouvrit en premier le portail de l'abbaye se trouvait être le père Gabriel Gui, charmant garçon qui recueillit pour un temps le nouveau-né et lui céda son nom.

Harold fut ensuite confié à un orphelinat du Lancashire, celui de Miss Parrott, le plus odieux de tout l'ouest du royaume anglais, mais dont il avait réussi à s'échapper un an auparavant grâce à un stratagème que nous dévoilerons plus tard.

Le garçon était blond, le cheveu coupé court, les yeux noirs mais très ouverts, la peau claire et le nez retroussé. Il portait des hardes, ses godillots laissaient passer l'eau comme les doigts d'une main. Il n'avait sur lui rien de très extraordinaire puisque tous les enfants à ses côtés étaient ses semblables. Il était seulement un peu plus petit (il ne mesurait que trois pieds et demi, soit cinq pouces en dessous de la statistique retenue par l'Assistance publique pour un mâle de neuf ans). Ce handicap de taille avait failli mettre en doute le fait qu'il ait les sept ans requis pour exercer le métier de ramoneur sur Cokecuttle. Il aurait dû être disqualifié mais les sélections des Maîtres se faisaient en deux temps et il avait triomphalement remporté l'épreuve précédente ; elle était primordiale aux yeux des Maîtres, la vertu principale d'un petit ramoneur n'étant pas pour eux de nettoyer convenablement un conduit de cheminée mais de savoir se faire payer dès la besogne accomplie. Beaucoup de particuliers profitaient du jeune âge des ouvriers pour les taper de quelques shillings, aussi fallait-il aux Maîtres des garnements habiles qui ne se laissaient pas berner, sachant sans erreur tous les types de pièces de monnaie en circulation. Pas plus tard que la veille, une épreuve avait mis en scène des simulations de troc et de marchandage : le petit Harold s'y montra particulièrement inspiré. Il fit oublier pour un temps ses modestes mensurations, mais ce n'était que partie remise à ce soir.

Lucius Lavander consulta sa montre et abaissa son chapeau ; il voulait présenter un mouchoir identique à ceux utilisés pour l'épreuve mais, dans un double fond du chapeau, il dissimulait aussi sa bourse d'économies ; celle-ci manqua de tomber par inadvertance, en face des enfants ; surpris comme un voleur, Lucius la rattrapa et la plongea dans une poche de son pantalon, lorgnant d'un œil mauvais ceux qui avaient surpris ce geste.

« Chers sacripants ! fit-il. Le départ est pour le prochain coup de cloche de l'église. Tenez-vous prêts ! »

Lucius Lavander avait constitué quatre équipes de trois enfants qui partiraient chacune vers un des foulards cachés dans la nuit.

Le jeune Harold n'eut pas trop à se féliciter du choix le concernant ; il se retrouva en lice avec deux petits gaillards, bien plus forts et bien mieux chaussés que lui, dont un garçon nommé Jeannot Arsouille qu'on disait venir du Pays de Savoie, grande nation de ramoneurs reconnue de par le monde. Les Savoyards et les fils de marins étaient très prisés par les Maîtres car on les disait naturellement accoutumés au vertige. Arsouille était l'adversaire le plus solide du moment, et si Harold avait su le français, il aurait appris que le nom du garçon n'était pas innocent ; le Savoisien avait un air qui ne présageait rien de loyal. Le Maître désigna au groupe de Harold une maison entre Blackpool Street et l'entrepôt de bouteilles de Chquire & Sons. Là, notre ami était chanceux, il connaissait l'endroit et devinait assez où Lucius avait pu dissimuler son morceau de fichu. Le garçon s'était préparé depuis plusieurs semaines à cet examen ; il avait tant parcouru les toits de Cokecuttle que des habitants s'étaient plaints et la police avait enquêté pour savoir quel était ce garnement qui passait sur la tête de tout le monde.

Autour de Harold, les enfants s'épiaient avec une détestation terrifiante ; il sentit sans détour le degré de *compétition* qui régnait. Seul un garçon sortait de ce lot de mercenaires, blond comme lui ; il regardait partout dans l'espoir que quelqu'un vienne le tirer de ce mauvais pas. Harold lui sourit. Le petit parut si surpris de ce trait d'amitié que son visage prit un air hébété...

Mais la cloche s'ébranla !

Les douze candidats s'élancèrent de la Place des Fêtes. Conformément à des décisions préalables, il en fut de même sur les deux autres places de Cokecuttle réservées pour les épreuves.

On surnommait à l'époque les petits ramoneurs les « Hirondelles d'hiver » ; ce soir l'expression prit tout son sens alors que la quarantaine d'enfants se dispersait partout vers les toits de la ville.

Harold Gui était parti dans les premiers. Il fonça droit dans une ruelle étroite. Partout le ploc ploc des semelles sur les pavés allait décroissant, sauf dans son dos. S'il avait pour l'instant l'avantage, Harold n'ignorait pas que ses deux adversaires approchaient et qu'ils étaient mieux bâtis que lui.

Le garçon gagna sans hésiter le chemin de Blackpool Street. La maison mentionnée par Lucius Lavander comptait quatre niveaux, elle abritait deux familles et un stock de pièces détachées pour les métiers à tisser. Comme dans tous les logis autour des places occupées par les Maîtres Ramoneurs, les volets étaient tirés et pas une personne, pas un curieux n'avait souhaité assister à la curieuse sélection. La consigne fut répandue plus tôt par la police : ce ne serait l'heure ni l'endroit de s'aventurer dans les parages, à moins de vouloir risquer sa bourse ou même sa chemise. La population savait qu'il se trouvait parmi les candidats des as du pickpocket, des gredins qui essayaient de se racheter une conduite. Ceux qui logeaient près de la Place des Fêtes avaient résolu de se barricader, de fermer la trappe de leur cheminée ou même d'allumer de grands feux pour être certains que l'épreuve ne tourne pas à leur désavantage et qu'un vilain ne se glisse dans leur maison.

Harold Gui sentait son souffle le perdre ; il avait couru trop vite depuis le départ ! Il entendait la botte de son Savoyard à seulement quelques enjambées derrière. Mais soudain une chute sur les pavés et un cri étouffé retentirent. Le bruit de ses deux adversaires disparut ; inquiet, Harold (la bonne pièce !) voulut presque s'en retourner pour voir si ses poursuivants ne s'étaient pas trop gravement blessés, mais il se rappela la mise en jeu. Vite ! Au nom du ciel, ne t'arrête pas ! Stimulé par ses exhortations, Harold redoubla d'efforts vers le toit.

À ses pieds, des ombres fuyaient à vive allure : c'étaient les colonies de rats surpris par son apparition entre les détritus. Maîtrisant la physionomie de l'endroit, Harold se refusa à escalader la façade principale de la maison, comme l'aurait fait n'importe quel participant à la course ; il choisit plutôt un détour et gravit la maison voisine. Il s'appuya sur une poubelle puis sur une suite de caisses branlantes pour gagner un premier palier. Le reste se fit à bout de bras le long des tuyaux de gouttière. La distance était plus longue à parcourir, mais elle s'escaladait plus rapidement.

Harold atteignit le toit. À cette hauteur, la brume, le brouillard semblaient plus épais ; l'ombre et la lumière baignaient dans une même vapeur froide ; un monde de fées et d'hallucinations n'aurait pas été plus trouble.

Harold s'avança sur la bordure en prenant garde de ne pas se renverser. Une petite rue le séparait du toit de la maison de l'épreuve. L'air était trop sombre et trop épais pour y voir suffisamment et compter les cheminées ou repérer l'emplacement du mouchoir. Il fallait sauter par-dessus le vide. Harold recula de quelques pas, défit ses chaussures et s'envola dans les airs. Il ferma les yeux tout le temps du franchissement. Ni fils de marin ni originaire de Savoie, Harold avait pourtant pour lui de ne jamais ressentir le moindre vertige sur les hauteurs. L'arrivée se fit par une douloureuse roulade qui s'acheva contre un parapet, les genoux meurtris. Le garçon se releva, essayant d'oublier la douleur, et regarda autour de lui. Il redoutait de trouver ses poursuivants sur la place, ayant gravi plus vite et mieux que lui l'autre versant de la maison. Mais il était seul. Il renfila ses chaussures. Le toit était peu incliné, il le parcourut en quelques instants. Le cœur battant. Où était le mouchoir du Maître ? Pas dans cette cheminée, pas sous ce chapiteau, ah ! le voici, roulé dans le coude d'un tourne-vent rouillé, à l'extrémité d'un tuyau. Harold le dégagea avec soulagement. Tout son travail n'avait pas été accompli en vain. Les risques avaient été payants. Ce ridicule foulard, c'était sa « délivrance ».

Il croyait ses ennuis évanouis, une nouvelle existence commençait pour lui...

Mais soudain, dans la nuit de Cokecuttle, un cri strident, nettement haut perché, affreux, résonna, suivi d'un silence plus lugubre encore. Un instant après, deux hurlements de femme lui firent écho : un enfant venait de chuter et des mères du coin l'avaient entendu et retrouvé sur le pavé.

Harold frissonna.

Avait-il seulement raison de se réjouir de son nouveau métier ?

Il redescendit avec autant de prudence qu'il avait montré de témérité pour gravir. La course était finie, il ne risquait plus rien. Il ne repassa pas par les airs mais glissa lentement le long de la maison principale.

Il pensait au malheureux qui venait de tomber. Il posa le bout du pied sur un baril, le dernier avant les pavés. Mais celui-ci lui manqua, et le garçon se retrouva tête contre terre.

Cela aurait pu n'être qu'un simple accident si la chute n'avait pas été suivie d'une grêle de coups de pied et de coups de poing tombée de partout. Harold se recroquevilla.

Bien que ses paupières fussent fermées, il vit la nuit se transformer en jour, une lumière vive approcher et l'envahir, l'aveugler, puis il perdit connaissance, sous la rage redoublée du Savoyard et de son complice.

Lorsqu'il se redressa, les deux voyous étaient loin avec le prix de sa victoire.

Harold avait les mains qui tremblaient, ses oreilles sifflaient, il sentait des gouttes tièdes rouler sur ses joues. À l'évidence (il ne se faisait aucune illusion sur l'issue de cette affaire), il ne s'en « sortirait plus » grâce au métier de ramoneur. Que vaudrait sa parole, tout à l'heure, devant Lavander et ses deux voleurs ? Pourquoi n'avait-il pas repris son premier chemin ? Ses assaillants ne l'auraient sans doute pas retrouvé ! Il se remit en marche vers la Place des Fêtes, traînant ses galoches. Il se sentait courbatu, le froid qu'il avait négligé jusque-là lui raidissait les membres. Il passa ses mains sur tout son corps pour compter les bleus et les égratignures.

Sur la place, pas de surprise : deux groupes s'étaient constitués, les vainqueurs et les vaincus. Dès son arrivée, Harold croisa le regard du Savoyard. Il aurait bien aimé connaître le français pour lui dire ce qu'il pensait de lui, mais il ne se sentait pas de taille à s'opposer à sa détermination et solliciter l'arbitrage du Maître. Son bagout pouvait se retourner contre lui.

Un détail pourtant l'étonna ; il lut du soulagement sur tous les visages, qu'ils aient retrouvé le mouchoir ou pas. Et soudain, des gens apparurent dans la rue, la tête ébouriffée ; tirés sans doute de leurs lits, ils venaient se joindre au groupe des ramoneurs. Un second Maître arriva même sur la place ! Harold comprit bientôt : on avait apporté le petit corps du ramoneur qui était tombé et les curieux s'attroupaient. Harold se faufila dans la piétaille : il reconnut le garçon à qui il avait adressé un sourire. Il était mort. Il revoyait son doux visage étonné et reconnaissant, mais complètement perdu. Un mouchoir fut posé sur sa figure par l'allumeur de réverbères, le corps étendu à même les pavés.

C'était triste à constater mais ce malheureux cadavre rendait le sourire à tous ceux qui avaient échoué dans l'exercice de Lucius Lavander : s'ils ne devenaient jamais ramoneurs, c'était en définitive pour le mieux! L'idée de retourner à leur misère, hanter les ruelles et manger comme des bêtes leur était presque devenue une consolation. Quant aux autres, ils étaient ravis de leur victoire et se moquaient comme d'une guigne du jeune mort dont personne ne connaissait le nom. Harold n'était ni des uns ni des autres : il se sentait triste pour lui d'avoir manqué son épreuve et triste pour ce pauvre gamin. Si ce dernier avait toujours une mère, Harold espérait qu'on lui annoncerait la nouvelle avec quelque précaution. Mais il doutait que qui que ce soit à Cokecuttle s'embarrasse d'autant de manières.

Sans un mot pour personne, ni un dernier regard au Savoyard, Harold tourna les talons et quitta la Place des Fêtes.

*

Il redescendit la ville vers un bras du grand estuaire de Ribble (qui allait de Cokecuttle jusqu'à Preston) appelé Hollowspring; hiver comme été, cette rivière était chargée des eaux épaisses des usines, la surface si huilée qu'on pouvait s'y mirer mieux que sur du vernis au tampon.

Harold emprunta quelques marches pour rejoindre le quai. Trois ponts enjambaient le cours d'eau, ils servaient au chemin de fer qui amenait la matière première des grands ports du Lancashire et repartait avec les produits manufacturés pour les villes. Les seules lumières du moment étaient les panneaux indicateurs des voies.

Dans l'obscurité et le silence, un son cristallin arracha à Harold un sourire. Le premier depuis de longues minutes.

C'était le tintement d'une clochette.

Il pressa le pas.

Il rentrait chez lui.

Chapitre 2

Où l'on traite de la regrettable disparition des fées, des anges et des petits lutins dans les sociétés modernes

L'endroit où il pénétra aurait fait reculer plus d'un enfant. Il était de ces coins devant lesquels on ne passe qu'en courant, en priant que rien ne vienne vous saisir la cheville ou la main. Sous l'arrondi d'un pont, Harold se dirigea vers une pile de malles et de caisses vides montées les unes sur les autres. Au milieu, une silhouette d'homme était assise sur une bobine de cordage. Le dos appuyé contre le mur du pont, il dormait. L'homme poussait parfois un hoquet dans son rêve, une clochette sonnait alors délicatement à son cou.

Harold s'assit sur une caisse de bouteilles retournée et regarda la personne d'un air attendri. Était-ce bien charitable de la réveiller pour lui annoncer son échec au concours des ramoneurs ?

Sans faire de bruit, il tira une couverture mitée d'une des boîtes à demi ouvertes et s'en couvrit les jambes. Du même réceptacle, il sortit un morceau de pain noir aussi dur qu'une barre de houille. Il en cassa un bout contre le pavé et le mit dans sa bouche, attendant que sa salive l'attendrisse pour le rendre consommable.

L'homme endormi devant lui s'appelait, ou plutôt était appelé, *Le Falou*. Il disait être né à Cokecuttle et avoir connu les verts lointains du village de pêcheurs oublié ; il savait en tout cas quoi faire et quoi dire pour le laisser croire. Harold vivait en sa compagnie depuis plus d'un an. L'insalubre parcelle de quai qui leur servait d'abri pouvait passer pour une tanière indigne d'un animal, mais elle était le meilleur endroit du monde pour notre petit ami, un paradis. Le Falou était un personnage si riche en contes et en savoir qu'il semblait parler comme un livre imprimé et inventait des images plus flamboyantes que dans les cathédrales. On ne savait de lui que ce qu'il avouait, c'est-à-dire peu de chose. Le reste était abandonné aux rumeurs : quelques-uns disaient avoir connu Le Falou pasteur à Skelmesdale, d'autres bagnard à Ashton-in-Makerfield, d'autres enfin chef de la police d'Ormskick. L'intéressé ne confirmait ni ne démentait. En revanche, ce qui était incontestable c'était que, dix ans plus tôt, il avait posé sa lourde carcasse sous le pont de Cokecuttle et qu'il n'en avait guère bougé depuis. La raison de cette installation, Harold la connaissait mieux que personne : Le Falou avait voulu s'établir non loin des aires de débarquement des grands navires de commerce anglais. Pas au port même, où les cargaisons étaient expédiées directement vers les villes industrielles, mais là où ces précieuses caisses seraient ouvertes pour être traitées par les usines. Si vous aviez demandé au Falou quelle lubie l'avait pris d'aller ainsi au-devant de vulgaires coffres de bois, il vous aurait répondu avec le plus grand sérieux : « Par goût de la lecture ! » Et pour comprendre le sens de cette réplique, il vous aurait fallu suivre un stage d'apprentissage chez un fabricant de malles de l'époque ; là vous auriez appris que l'artisan bourrait les parois de ses caisses avec du papier, que ce papier était bien souvent de vieux journaux ou même de vieux livres achetés au poids, et que si le travail était bien fait, les feuillets étaient toujours lisibles après avoir franchi plusieurs océans. Le Falou n'avait jamais de quoi s'acheter à lire, aussi cet endroit de Coke-cuttle où étaient déversées des dizaines de caisses et de malles chaque jour devint-il pour lui une gigantesque bibliothèque, toujours pleine de surprises, la seule qui lui fût accessible. Bien sûr, il y trouvait tout et n'importe quoi, mais, avec le temps, il avait su isoler des types précis de caisse, selon leurs fabricants ou leur pays d'expédition, et là, avec patience et minutie, il avait pu suivre une même histoire répartie sur plusieurs caisses, voire sur plusieurs bateaux. Il avait même reconstitué une partie d'un *Tom Jones* délabré grâce aux malles de thé envoyées pour les autorités de Coke-cuttle. Par le même artifice, Le Falou, grâce aux pages froissées des gazettes de l'Empire, se tenait au courant de tout ce qui se déroulait dans les colonies anglaises. Par ce curieux truchement, l'homme approfondit un savoir étonnant et universel qu'il ne manquait jamais de partager avec Harold. Le Falou fit de son mieux pour l'instruire : il lui apprit les rudiments de la lecture grâce aux majuscules des enseignes à l'entrée des manufactures, à former des lettres grâce à des éclats de charbon, à compter grâce aux clous des caisses de bois, enfin à rêver grâce à son inestimable imagination et à son goût du récit. Ce dernier point de pédagogie était celui auquel il attachait le plus de prix : « Savoir rêver » était selon lui le seul moyen tangible de fuir l'enfer noir de Cokecuttle en 1851. Car, pour ce qui était d'y échapper physiquement, personne n'y comptait plus depuis longtemps.

Le Falou toussa dans son sommeil, la clochette tinta et l'homme ouvrit un œil.

« Tu es de retour, cher petit ?

– Oui, répondit Harold.

– Je ne suis pas fâché de te retrouver en un seul morceau. »

L'obscurité empêchait Le Falou de distinguer les marques de coup reçues par le garçon. Celui-ci se garda d'en faire mention pour le moment.

« Tu dois avoir faim et soif ? Je t'ai sauvé quelques vivres pour ce soir. »

Le Falou fit un mouvement sur sa droite et sortit d'une sacoche un pain et un pichet d'eau claire. Il les tendit au petit.

« Tu devrais mieux te couvrir et t'allonger près de moi. La nuit est froide. »

Harold fit comme il dit. Le Falou ne posait toujours aucune question sur l'aventure du soir. Le garçon savait que c'était un effet de sa délicatesse. Il n'empêche que tout, dans ce silence, lui sifflait aux oreilles : « Comment cela s'est-il passé ? »

Les récits que préférait évoquer Le Falou étaient toujours inspirés des *Vies des hommes illustres* de Plutarque. « Le seul livre capable de mieux instruire un garçon que le meilleur des pères », disait-il. Aussi le petit Harold, embarrassé et ne sachant comment aborder son échec (car il le ressentait comme tel et non comme une injustice), essayait-il de se remémorer les déconvenues de héros antiques qui auraient pu correspondre à son cas, afin de l'exprimer de la meilleure façon et d'en tirer déjà la leçon. Mais il n'eut pas besoin de pousser si loin sa réflexion, Le Falou l'abrégea d'une phrase qui laissait entendre qu'il avait tout compris. C'était un trait déterminant de son caractère, Harold avait toujours l'impression qu'il lisait dans ses pensées aussi bien que dans ses boules de papier arrachées à des caisses de marchandises.

« C'est bien mieux ainsi, dit-il en passant sa main sur la couverture du garçon pour voir s'il était bien au chaud. J'avais mauvaise conscience de te laisser aller à un pareil travail. C'est une horrible vie qui appelle souvent une horrible fin.

– Mais nous n'avions pas d'autre choix ?

– Aujourd'hui, nous en étions là en effet, mais demain ? C'est un autre jour, nous verrons bien. Il faut manger et dormir maintenant. Pensons et passons à autre chose. Tant pis pour les cheminées de Cokecuttle !... »

Harold ressentit un soulagement plus vif encore qu'au moment d'arracher le sale mouchoir de Lavander sur le toit. La seule chose qu'il redoutait était de décevoir Le Falou.

Ces deux compagnons s'étaient rencontrés il y a un an. Harold était alors pensionnaire de l'horrible orphelinat de Miss Parrott (cruellement nommé « End's End »). Dès qu'il arrivait à échapper à la surveillance de ses maîtres, le garçon traversait la ville à toutes jambes, en larmes, pour atteindre le point de Cokecuttle le plus éloigné qui soit de la « Fin de la Fin ». En l'espèce, c'était ce quai charbonné au bord du Hollowspring. Là, il s'asseyait sur une caisse et regardait passer les embarcations remplies de charbon. Le Falou le repéra. Ils finirent par échanger quelques paroles, puis par fraterniser. Harold lui conta ses brimades à l'hospice. Le Falou – qui ne s'occupait que de ses livres à livraisons variables – se prit de tendresse pour cet innocent et décida de le secourir. Le vieil homme avait un talent inestimable pour l'époque : il savait écrire d'une plume plus gracieuse que celle d'un ministre. Où avait-il appris cela ? Mystère, comme beaucoup de choses. Le fait est que cette écriture agréablement bouclée changea la vie du petit Harold. À l'époque, l'Assistance publique acceptait de soutenir les enfants recueillis par des familles ou des entrepreneurs. Une petite somme allouée pour l'habillement et le couvert de l'enfant était attribuée pendant un an ou deux. Il fallait juste (pour éviter les fraudes) une lettre mensuelle attestant de l'état de l'enfant et dépeignant les avancées de son instruction ou de son apprentissage. Harold présenta la première offre du Falou écrite à l'encre bleue sur du papier sans tache qui fit un effet certain. L'homme n'apparut jamais en personne, mais ni Miss Parrott ni le Comité de l'Assistance publique ne demandèrent à déranger une personnalité qui savait si bien tourner ses phrases et enrober ses e. De surcroît, dès les premières semaines, Harold revint devant ses pairs illustrer ses progrès : Le Falou lui avait enseigné l'alphabet complet et même à reconnaître le nom imprimé de Sa Très Gracieuse Majesté (cette dernière attention provoqua un délire dans le Comité !). Cela étant fait, Harold échappait à Miss Parrott et était libre... jusqu'à ce que de mauvaises langues se mettent à parler : on disait voir Harold traîner près des docks, il avait des amis peu recommandables, la police l'avait vu bondir sur les toits. En un mot comme en cent, aucune personne de haut lignage, digne de son écriture aristocratique, ne l'avait recueilli. Il n'en fallait pas davantage pour faire fulminer la gouvernante Parrott qui réussit à réclamer la présence physique du bienfaiteur de Harold. Devant la menace, les deux amis réussirent à repousser l'échéance pendant un mois, mais le délai expirait. Le Falou ne pouvant en aucune façon se présenter devant l'Assistance publique, Harold devait trouver un vrai métier s'il ne voulait pas retourner à l'hospice des orphelins. D'où le triste choix du ramonage.

En manquant cette épreuve, Harold craignait plus pour Le Falou que pour lui-même : si l'on prouvait qu'il avait commis des faux en écriture (et donc extorqué en quelque sorte la « générosité » du Comité public), il pouvait fort bien se retrouver écroué.

« Bah, il y a peut-être des livres à la prison de Crookhill ? » plaisantait le vieil homme sans trop y croire.

Le Falou prit un morceau de pain, et, comme à son habitude, avant de manger, il en détacha une part qu'il jeta de la main dans le cours fétide du Hollowspring. Il ne dérogeait jamais à ce cérémonial étrange. Harold vit le morceau de pain flotter sur l'huile noire ; le ciel se dégageait un peu et les premières étoiles se réverbéraient sur la surface laquée. Mais pourquoi, alors qu'ils avaient si peu pour se nourrir tous les deux, Le Falou gaspillait-il une bouchée de leurs provisions ? Ceux qui se posaient cette question touchaient là à un autre trait essentiel de la personnalité du Falou. Harold avait mis un temps à le comprendre et à s'y faire.

Le Falou, en partageant toujours ce qu'il portait à sa bouche, « sacrifiait aux Dieux bienveillants ».

Chaque soir, il prenait une heure pour conter à Harold une histoire ou une vieille légende. Ces récits étaient toujours peuplés de petits anges, de gobelins, de fées, d'elfes, de magiciens, d'animaux mythiques ou de Dieux autrefois proches de la vie quotidienne des hommes. Visiblement, ces derniers vivaient de concert avec une multitude d'êtres surnaturels. Ce monde de fantaisie se déroulait immanquablement dans des Temps Très Très Anciens. Un jour, Harold posa une question d'enfant, c'est-à-dire moitié mieux qu'une question de philosophe : « Mais où ces êtres sont-ils passés aujourd'hui ? » Car, à Cokecuttle, en matière de fées et d'ondines, il ne s'en trouvait pas plus que du coton qui se déviderait tout seul de sa balle. En êtres étranges, Harold ne voyait que des hordes de rats aux yeux rouges ; et en guise de monstres cruels, il n'avait que les surveillants des fabriques qui rouaient parfois les employés de coups de bâton. Il fallait se résoudre : les peuplades magiques d'hier avaient toutes *disparu*. Pourquoi ? Et où se trouvaient-elles aujourd'hui ?

On ne pouvait poser meilleure question au Falou ! Sur ce sujet il déployait tous les arguments de ce qu'il intitulait lui-même son *Laïus* :

« Vois-tu, mon petit, les hommes d'aujourd'hui se trompent lourdement. C'est d'ailleurs comique. Ils sont convaincus que les contes et les histoires de fées n'existent que pour les petits enfants. Et encore, ils s'évertuent à ôter le plus tôt possible ces calembredaines de leurs têtes, par une éducation sévère et sans divertissement. Ils ont appliqué cette façon de voir à toute l'histoire du monde : pour eux, les générations des siècles passés étaient l'enfance de l'humanité, superstitieuse, impressionnable, sans esprit rationnel, c'est pour cela qu'elles rêvaient des anges et des fées ; avec le temps, les hommes ont mûri, le monde a gagné en expérience et en sagesse, et il a éradiqué ces vilaines croyances d'autrefois et rendu les peuples plus sages. Mais où ces grands fous d'aujourd'hui ont-ils pris que c'était eux qui avaient chassé les fées et le monde qu'elles habitaient avec nous ? Rien n'est plus inexact. Ce sont elles et tous leurs comparses surnaturels qui nous ont *abandonnés* ! Ils ont quitté ce monde à une époque précise et laissé l'homme seul.

– Ils sont tous partis, Le Falou ?

– Oui. Tous. »

Harold s'imagina alors un fantastique exode, une incroyable cohorte sans fin de petits êtres magiques entrant en file indienne dans une nouvelle Arche de Noé, cette fois gonflée d'Immortels.

« Mais pourquoi nous ont-ils quittés ?

– À l'époque où les esprits vivaient en bonne intelligence avec les humains, ils utilisaient un certain *Pouvoir* naturel, commun à tous, pour apparaître et disparaître, user de magie, parler aux animaux, intervenir dans les affaires de ce monde. Ce *Pouvoir*, peu à peu, les humains commençaient d'essayer de se l'approprier ; il devint évident, au fil des générations, que les hommes voulaient posséder tout ce qui leur était défendu. Au moment où certains d'entre eux ont commencé à regrouper des rudiments de ce *Pouvoir*, cela a été considéré comme un terrible risque ; s'il s'accomplissait, il provoquerait nécessairement un conflit entre les races et les natures. Les hommes, hier comme aujourd'hui, n'étaient absolument pas prêts pour maîtriser de tels dons. Aussi le monde des esprits résolut-il de se retirer entièrement de la surface de la Terre. Pour préserver les uns et les autres. Depuis, plus de fée, plus de magicien, plus de diablotin, plus d'esprit des bois. Et l'homme se croit devenu plus sage ! Bah ! c'est tordant. Les contes et les légendes parlent de ce monde ancien. C'est tout ce qu'il en reste aujourd'hui.

– C'est très étonnant. Quand cela a-t-il eu lieu ?

– À des époques différentes selon les parties du monde. Pour notre pays, la bascule se situe entre la fin de l'épopée d'Arthur et l'arrivée des Normands. Merlin et Kevin sont les tout derniers dépositaires de cette époque révolue. Après, c'est le désert. C'est pour cela que les magiciens d'aujourd'hui sont tous des charlatans : ils peuvent avoir retrouvé le peu que leurs ancêtres avaient volé aux esprits, mais toutes les formules sont incomplètes et elles le resteront.

– Où sont les anges à présent ?

– Très haut, loin de nous, dans d'augustes sphères que nous ne pouvons pas atteindre.

– Alors les anges ne nous viennent plus en aide ?

– Ils nous observent de temps en temps, mais ils n'interviennent plus jamais, non. Nos destinées humaines sont seulement examinées. Les Immortels attendent que l'humanité change pour pouvoir revenir sur terre. Ils attendent que nous soyons de nouveau " prêts " à les accueillir. On dit d'ailleurs qu'ils sont très nostalgiques de cette belle planète... »

Le Falou avait dit cela en considérant d'un œil inquiet les toits d'usines de Cokecuttle.

Cette explication des choses de la vie plaisait au petit Harold : après tout, le monde des contes et des légendes avait bien existé et il florissait quelque part. Le Falou, lui, faisait comme s'il était encore présent ; il parlait aux esprits et il sacrifiait sa nourriture aux Dieux bienveillants. Comme ce soir, où Harold l'avait vu donner un bout de son pain aux eaux du Hollowspring.

Le Falou s'était rendormi. Son ronflement avait repris son doux roulis et la clochette frémissait.

Harold finit de boire le pichet d'eau puis s'allongea près de son ami. La couverture montée jusqu'au menton, il observait en songeant le pain qui flottait toujours sur l'eau noire, immobile, comme une pâquerette dans un gisement de houille. Il rêvait à ces milliers d'êtres que Le Falou disait vivre dans des mondes lointains que nous ne pouvions pas voir. À quoi ressemblaient-ils ? Pourquoi restaient-ils si inflexibles et ne revenaient-ils pas ? Qu'attendaient-ils pour agir ?

À ce moment, un tourbillon passa autour du bout de pain flottant et un poisson bondit par-dessus pour l'avaler. Si un poisson vivait sous cette eau dont l'œil ne perçait jamais la surface, alors oui, il y avait bel et bien encore des mondes cachés, même tout près de nous...

L'eau ondula quelques secondes, puis sa surface redevint un miroir où les étoiles prirent leurs places de toujours. Harold s'endormit en regardant ces points du ciel. Il reconnut dans la nue la constellation du Petit Cheval et ferma les yeux.

*

Non, je n'ai pas oublié mon lecteur témérairement lâché à cinquante pieds au-dessus du sol de

Cokecuttle, et qui – hormis grave insoumission de sa part – n'a pas encore reposé le talon sur terre depuis le début de ce récit. Qu'à cela ne tienne, et que sa confiance en l'auteur se perpétue s'il lui plaît, c'est maintenant plus haut que je me promets de le conduire. Beaucoup plus haut ! Voyez-vous ces points blancs d'étoiles qui se reflètent sur l'eau du Hollowspring devant Harold ? Les nuages sont en train de se dissiper à grande vitesse et un ciel constellé apparaît de nouveau (ce qui est rare à Cokecuttle). Jetez-y un coup d'œil plus appuyé et vous constaterez que dans la réflexion de la constellation du Petit Cheval, une étoile possède cette nuit un reflet irisé qu'on ne lui connaît pas. Une intensité qui ferait presque songer à l'œilleton d'une lampe magique.

Eh bien, c'est là que nous allons.

Plongeons vers le ciel, ou vers son reflet dans l'eau noire, c'est tout comme. À la lecture d'un conte, une phrase suffit pour qu'espace, temps et mouvement s'abolissent ou se conjuguent en un éclair. Je n'ai pas besoin d'en écrire davantage pour vous convaincre que nous sommes désormais à des années-lumière du Lancashire anglais charbonneux et froid. Le point lumineux du Petit Cheval est devenu une galaxie, puis un soleil, enfin un monde très étonnant. Une pyramide de continents.

Nous sommes dans la parcelle d'univers qui sert aujourd'hui de « retraite » aux Immortels exilés de la Terre. Une description fidèle des lieux dépasserait les limites de cet ouvrage, aussi je laisse à l'imagination du lecteur le soin de se figurer ce que la cohabitation de Dieux grecs et de Mages nordiques peut donner en termes d'architecture. Allons sans tarder au point essentiel pour notre histoire : la partie supérieure de la pyramide, qui rassemble les milliers de départements alloués aux Anges. Atteignons même le département intitulé Observatoire des Folklores. À l'œil, c'était un simple disque vert et bleu posé sur des nuages blancs; à l'oreille, une douce litanie de chorals d'enfants. De ce point précis d'observation, les Génies familiers scrutaient l'évolution des Traditions, des Légendes et des Croyances en cours dans le monde des hommes. Ce département ne doit pas être confondu avec celui des Religions; il était nettement plus convivial et détendu. Pour tout dire, les membres de ce Comité étaient de joyeux drilles. Pourtant, aujourd'hui, pas un ne se laissait aller à la plaisanterie. La situation était grave; on avait convoqué une session extraordinaire des membres permanents du Conseil. Ce dernier occupait près de trois cents sièges de Génies domestiques et d'Anges, groupés autour d'une Table ronde sans pied. Ce collège était sous l'autorité de la Fée Dora, grande dame aux cheveux blonds et à la longue robe noire aux reflets bleus comme la plume d'un corbeau. Elle exposa le drame en peu de mots :

« Nous avons un problème avec le 25 décembre. »

Chapitre 3

Où il est question d'un retour prématuré sur terre

Toutes les têtes opinèrent en même temps, embarrassées :

« Oui, nous avons un problème avec le 25 décembre. »

Un des Anges se leva et dit plus précisément :

« Nous avons un problème avec *Noël* ! »

Il fut approuvé par une puissante salve d'applaudissements.

Le Conseil avait rarement montré autant de flamme à l'ouverture d'une session. La Fée Dora leva sa main et le brouhaha retomba aussitôt.

« Depuis que nous avons quitté le monde des hommes, il y a plus de mille ans, peu à peu les légendes et les personnages fabuleux de notre temps disparaissent des mémoires ; les croyances se font rares ; certaines s'évanouissent et ne sont pas renouvelées. Aujourd'hui, nous avons un problème avec saint Nicolas, le saint chrétien qui apporte des présents aux enfants. Comme beaucoup de figures du passé, Nicolas n'est plus au goût du jour et il est en train de s'effacer. Il faut impérativement le remplacer ou lui donner une seconde vie !

– Remplacer ? cria d'une voix le Conseil.

– Mais comment ?

– Comment ?

– Comment ?

– Comment ?

– Nous n'intervenons plus dans les affaires des hommes depuis mille ans !

– C'est défendu.

– Remplacer Nicolas ? Quelle idée !...

– Pourquoi ? »

Mais oui, POURQUOI ? Le lecteur doit certainement se poser la même question que le Conseil : n'a-t-il pas, lui, au contraire, l'impression que saint Nicolas, à travers Santa Claus ou le Père Noël, est un personnage aujourd'hui en pleine vigueur, connu et aimé de tous ? C'est exact, mais le lecteur verra bientôt que cela s'explique *justement* par l'intervention de la Fée Dora et du Comité au milieu de ce triste dix-neuvième siècle ! Ce siècle qui voulait faire mourir une à une les superstitions et les crédulités d'autrefois. En ce temps-là, saint Nicolas était aussi décrié que les sorcières ou les gobelins des bois, personne ne voulait plus croire à son existence.

Au Conseil, on s'agitait autour de la Fée Dora ; elle dut une nouvelle fois lever la main pour faire taire l'assistance.

« Nous n'avons pas d'autre choix que d'intervenir cette fois-ci », dit-elle.

Et la Table ronde de trembler sous les coups de poing et les imprécations :

« Mais comment ça ?!

– Je ne suis pas d'accord !
– C'est trop dangereux.
– Intervenir ? Qui, d'abord ?
– Comment ? »

À bout de patience, Dora n'étendit plus gentiment son bras mais trompetta un « Taisez-vous ! » qui retentit jusque dans les départements voisins. Le Conseil des Anges se figea comme sur une toile. Lorsqu'elle s'emportait, la Fée donnait vraiment l'impression d'être un corbeau prêt à mordre. Devant le silence regagné, les traits de son visage se décontractèrent et elle reprit sa grâce de fée.

« Cessez de m'interrompre ou nous n'arriverons à rien ! Considérez plutôt la situation : saint Nicolas est aujourd'hui le dernier personnage qui se consacre encore pleinement aux enfants. Les petits sont amenés au travail comme des adultes, on les paye, on les achète comme des grands. Quelle différence entre la journée d'un enfant de dix ans et celle d'un homme ? Les petits sont abandonnés à eux-mêmes. Ils deviennent de vulgaires instruments. Si Noël disparaissait, les conséquences seraient incalculables. Principalement pour *nous* ! »

Cette dernière apostrophe glaça l'assistance ; même s'ils sont dissipés par nature, les Anges et les Génies n'en sont pas moins vifs d'esprit, ils avaient compris ce qu'insinuait la Fée Dora. En effet :

« Si ces petits garçons et ces petites filles perdent définitivement toute notion de rêve, de magie, de fantaisie, pour devenir de simples machines à travailler, vous pouvez tout aussi bien perdre l'espoir de revenir un jour sur la planète Terre. Le monde des Anges et des Dieux sera définitivement enterré. Avec le temps, les hommes oublieront tout, même les contes et les légendes qui parlent encore de vous... »

Pour une fois, pas de réaction. Un silence pesant et inquiet avait saisi le Conseil.

« Saint Nicolas doit être rapidement revisité, dit la Fée Dora. Il nous faut une figure affranchie de toute référence religieuse, susceptible de s'intégrer dans un monde d'adultes pointilleux. Comme nous n'avons aucun personnage répondant à cette description dans nos annales, il va nous falloir le créer. »

La Table pencha une nouvelle fois sous la rudesse du coup.

« Ce sera la première intervention des Anges sur terre depuis des siècles ! »

Tous les Anges et les Génies se levèrent pour discuter l'affaire (dans la mesure où ils disposaient de jambes, les autres voletaient simplement dans les airs).

Il fallait s'accorder sur les modalités de cette révolution : un Ange de retour sur terre ! Un nouveau personnage à créer !

« Quelle figure choisirons-nous ?

– Une femme ?

– Un animal ?

– Une fleur parlante ?

– Un arbre avec des bras ?

– Plutôt une lumière. Rien qui soit humain.

– Non, un homme. Un homme.

– Un vieux.

– Un jeune.

– Petit ou grand ?

– Nous n'en sommes pas à choisir la figure, interrompit Dora, mais à déterminer qui d'entre nous va se charger de la faire apparaître sur la Terre. »

Soudain, encore un silence embarrassé.

Dora requit un volontaire. Aucun ne leva la main pour se désigner. Les Immortels s'étaient autrefois exilés de peur que les hommes n'en torturent un et ne lui fassent avouer les recettes de leur *Pouvoir*... et les hommes n'avaient guère changé depuis ! Au Conseil des Anges et des Génies, personne ne voulait courir le risque d'être celui par qui la « tragédie » viendrait.

« Bien, dit Dora. Je ne vois plus qu'une solution : dépêcher quelqu'un de force.

– De force ?

– Pas un membre du Conseil, c'est impossible. Non, je pense plutôt à quelqu'un qui en aurait été évincé.

– Évincé ? »

De quoi parlait-elle ? Tout le monde se regardait sans comprendre. Et puis soudain, entre les murmures et les chuchotements, un nom commença de se faire entendre. Deux syllabes sonores. Un nom ancien, qu'on ne prononçait plus depuis longtemps, sinon en haussant les épaules ou en plaisantant : Balbek.

« C'est à lui que je pensais », avoua Dora.

C'était une surprise de taille. Balbek ? Balbek était un Génie. Il y a des siècles de cela, alors que les hommes et les Immortels vivaient encore ensemble, le pauvre Balbek avait commis une telle bévue dans ses attributions folkloriques qu'il avait été mis à pied et chassé du Conseil.

« Mais c'est un irresponsable ! aboyait-on.

– C'est trop risqué.

– Balbek est capable de nous mettre n'importe qui à la place de saint Nicolas. »

Et les reproches fusèrent pendant un long moment. La Fée restait silencieuse. Soudain elle proposa une alternative : eh bien, qui voulait remplacer Balbek ?

Une fois encore, gênés, aucun Ange ne se désigna.

« Balbek a très à cœur de racheter sa faute d'autrefois, dit Dora. Il me semble que sa pénitence a assez duré. Il s'acharnera à faire du bon travail, j'en suis convaincue. »

Ces arguments avaient un certain poids. Et puis le Conseil pouvait se montrer magnanime. Balbek se morfondait depuis des siècles. Et puis s'il échouait, le Conseil l'aurait prévu. Et puis, et puis, et puis il n'y avait que lui pour y aller.

Une question. La dernière. Balbek devait-il sauver Noël ?

Cette fois, pas une main ne resta sur la table.

La révolution avait lieu.

Alors que personne ne s'y attendait, un Ange allait retourner sur terre...

*

La séance du Conseil levée, la Fée Dora regagna ses appartements.

Elle était seule avec sa camériste qui lissait ses cheveux. La Fée scrutait un large miroir ovale. La glace ne réfléchissait pas son image (quel besoin pour une fée d'ausculter des traits éternels ?) mais elle réfléchissait ses *pensées*. Ces dernières défilaient comme dans un spectacle. La servante, une jeune elfe aveugle, avait été choisie pour ne rien pouvoir lire des idées secrètes de la maîtresse du Conseil de l'Observatoire des Folklores. Si elle avait pu voir en ce moment, elle aurait suivi l'établissement d'un plan visiblement mûri depuis longtemps, plein de personnages fantasques, de Magie et de péripéties étonnantes.

Mais soudain un personnage apparut derrière la Fée et le miroir s'éteignit.

Le nouveau venu s'était matérialisé dans l'éther, accompagné d'un léger Pop ! et d'une petite vapeur d'eau.

C'était Balbek.

« Vous m'avez fait appeler, Fée Dora ? »

Balbek était un Génie domestique. C'est-à-dire qu'il veillait autrefois au bon fonctionnement des foyers, avec sous ses ordres des petits lutins attachés chacun à une famille précise. Est-il bien nécessaire de décrire un esprit familier alors que son apparence change précisément selon la maison à laquelle il est lié ? Après tout, si toi, lecteur, tu as en tête une silhouette qui te convient, le visage d'un proche que tu souhaites mettre sur le cou de Balbek, n'hésite pas, ce personnage est là pour cela.

Balbek apparut donc.

« Vous m'avez fait appeler, Fée Dora ?

– Oui. Approche. »

Sans un mot, la camériste se volatilisa.

« Ta pénitence touche à sa fin », dit la Fée.

Le visage de Balbek s'illumina. Brièvement seulement, car Dora lui expliqua le cas de Noël et la mission qui l'attendait sur la Terre, mission autorisée par le Conseil.

Le gentil Balbek, tout ému, n'avait que deux mots pour ponctuer chaque information apportée par la Fée : « Ah bon ? »

« Le 25 décembre appartient aux enfants. Noël doit servir à récompenser les bons et à rappeler aux méchants qu'ils doivent changer. Il faut aussi –

et je n'insisterai jamais assez sur ce point – il faut que Noël serve aux adultes afin qu'ils se souviennent que eux aussi ont été des enfants ! Il n'y a que cela pour garder leur cœur ouvert et bienveillant. Maintenant, tu sais tout, Balbek. Il t'incombe de découvrir ou de créer une nouvelle figure folklorique ; mais cette fois-ci, entends-moi bien, je veux une figure qui plaise à tous, qui puisse se reconnaître dans tous les coins de la Terre, je veux UN symbole personnifié qui incarne pour tous Noël et le beau temps de l'enfance.

– Cela est-il faisable ? Je ne crois pas que cela se soit déjà vu. Suis-je le Génie qu'il faut ?

– Le Conseil en a décidé. Je le pense aussi. Tu as toujours été enfantin, Balbek, tu comprends mieux les enfants que nous tous.

– Je vois. Renouveler Noël ?... Comment cela se passe-t-il d'ordinaire ?

– Autrefois, il y a très longtemps, lorsqu'il s'est agi de remplacer la Fée blanche par saint Nicolas, c'était beaucoup plus simple.

– La Fée blanche ? Qui est-elle ? Comment cela s'est-il passé ? Comment était-ce *avant* saint Nicolas ?

– La Fée blanche était l'Enfant Jésus, en personne. Pendant longtemps, au jour de Noël, il apparaissait aux petits pour les consoler et féliciter les plus sages d'entre eux. Comme il sembla qu'un nourrisson n'était pas très approprié pour s'adresser à des enfants, on le métamorphosa en une grande dame lumineuse et aimante. Mais tout le monde savait qui elle était. Ensuite, une autre grande dame de lumière est aussi entrée dans le cœur des petits : Marie, la mère de Jésus. Au bout d'un certain temps, l'on commençait à les confondre toutes les deux. Il fut alors décidé que Nicolas prendrait la place de la Fée et qu'il devrait apporter lui-même le réconfort aux enfants. Mais ce n'était pas un excellent emploi pour Nicolas, il a une nature trop mélancolique, et plus de pitié dans le cœur que de joie enfantine. De surcroît, saint Nicolas n'était pas fait exclusivement pour Noël, il existait bien avant et pour d'autres motifs. Sa fête est le 6 décembre et non le 25. Non, ce n'était pas la meilleure idée. On peut trouver mieux maintenant.

– Qui ? Où ?

– Balbek, ce n'est pas moi que le Comité a désignée. Je peux cependant te donner trois conseils.

– Oui ?

– Primo, il ne faut pas faire naître une nouvelle figure à partir de zéro comme on a fait pour passer de la Fée blanche à Nicolas. J'entends par là qu'il existe aujourd'hui un nombre incalculable de saints Nicolas sur la terre, chaque peuple l'a un peu tourné à sa manière ; par exemple les Hollandais ont un Sinter Klaas qu'ils ont exporté en Amérique et qui est très sympathique aux enfants. En partant de ce point, tu pourrais façonner un personnage plus large, moins lié à Nicolas et à son passé.

– Un Sinter Klaas ?

– C'est une ébauche. Elle demande à être améliorée. Ensuite il faut que tu choisisses avec soin la personne qui va endosser l'habit de Noël, le travail qui sera le sien sera long, pénible et compliqué ; il devra quitter sa famille, abandonner ses amis, et vivre dans le plus grand secret : il faut que tu le prépares minutieusement, et ne rien lui cacher de ses devoirs. Attention ! La mission de Noël fait partie de celles qui ne souffrent aucune erreur ; on ne doit pas, on ne peut pas se tromper lorsqu'il s'agit de récompenser les enfants; l'ingratitude et l'injustice sont les blessures qui durcissent le plus terriblement leurs cœurs. Lorsqu'elles ont frappé une fois, on ne peut revenir en arrière. Pour préparer ton protégé, si tu as besoin de Nicolas, il pourra lui enseigner quelques-uns de ses secrets.

– Mon protégé ou *ma* protégée.

– Tu as raison. Tout doit être envisagé. Mais choisis une seule personne cependant. Pas d'équipe. Il faut que cela reste simple. Et il faut aussi que cette image puisse contenter les adultes.

– Ah bon ? Cela se complique diablement. Comment réussir une chose pareille ? »

La Fée Dora sourit :

« C'est assez simple : fais-leur croire que c'est eux qui mènent la danse... C'est toujours comme cela que nous agissons, non ? »

Balbek sourit à son tour.

« Et votre troisième conseil ?

– C'est le plus important : tu ne dois pas seulement inventer un personnage, tu dois créer un esprit de Noël, un esprit de fête et de communion entre les grands et les petits, c'est cela qui fait le plus cruellement défaut au monde. Noël ne signifie plus rien. Tu dois redonner du sens à cette date. Pour cela, il faut partir des enfants. C'est eux la clé de tout. Ne te méprends pas, tu vas accomplir la première intervention des Anges sur la Terre depuis très longtemps : eh bien, que cela soit par et pour les enfants, c'est primordial. Je te donne un indice avant de nous quitter. Un point urgent. »

La Fée baissa la voix et dit :

« Fais disparaître celui-là ! »

Elle désigna son miroir où était apparu un grand bonhomme poilu, à la mine patibulaire : c'était le

Père Fouettard. Toujours collé à saint Nicolas, ce personnage était depuis des siècles la figure qui venait punir les mauvais enfants lorsque Nicolas récompensait les justes et les gentils.

Dora expliqua d'un ton persuasif :

« Il faut que Noël devienne une fête de plaisir, sans crainte, sans châtiment. Regarde la terrible hotte de Fouettard ! »

Le Père Fouettard, en plus de son célèbre martinet, portait une hotte énorme sur le dos : les mauvais enfants étaient jetés dedans et emportés au loin pour subir une redoutable correction.

Dora proposa :

« Tâche de faire changer cette horrible hotte qui me terrifie autant que les petits enfants. Convertis-la en quelque chose de bon, de joyeux; crois-moi, ils apprécieront... »

Balbek couvrit la bonne Fée de remerciements. Mais celle-ci se retourna vite vers sa glace. L'entretien était clos.

« Une nouvelle figure pour Noël ? se dit le Génie confus. Les enfants ? »

Tout à ses pensées, il tourna les talons et se dirigea vers la porte de la pièce; mais, au moment de poser la main sur la poignée, il se rappela qu'il n'en avait pas besoin et il disparut dans les airs, tout comme il était apparu plus tôt. Un Pop ! et une petite vapeur d'eau.

*

Balbek rentra chez lui : « Remplacer saint Nicolas ? Trouver un nouveau Noël ? »

L'heure de retourner sur terre approchait; le Génie n'eut plus aucune communication avec le

Comité ni avec la Fée Dora : il était désormais son seul maître.

La porte du « Passage » vers le monde des hommes était poussiéreuse et couverte de toiles d'araignée. C'était un mince rideau d'eau pris dans un cadre. Balbek se pencha pour vérifier s'il voyait encore de si loin : depuis la constellation du Petit Cheval, son œil tomba non loin de Cokecuttle.

« Tiens, cela a tristement changé », lui sembla-t-il.

Il ignorait s'il se souviendrait de la maîtrise de ses anciens pouvoirs ; par acquit de conscience, il passa sa main droite à travers le mur d'eau et lança un petit sortilège. Il fit tomber une neige parfaitement égale sur tout le Lancashire. Cela opéra très bien. Balbek était rassuré. Il décida de plonger.

Les bras en avant, il traversa le cadre, lentement. Il vit ses doigts et ses mains disparaître : un Génie qui retourne dans le monde redevient totalement invisible. Et c'est ainsi que sera Balbek pour nous jusqu'à la fin de ce récit. Ami lecteur, souviens-toi bien de ce personnage car tu ne le verras ni l'entendras plus de sitôt : seulement tout ce que tu vas lire, tout ce dont tu vas être le témoin privilégié sera voulu par le bon Balbek : il se cachera derrière les rebondissements de l'histoire, derrière le masque des hasards et des coïncidences, derrière la chance et la malchance des protagonistes. C'est ainsi qu'œuvrent les esprits. C'est ainsi que fera Balbek avec le petit Harold Gui qui nous occupe dans ce livre.

« Ah oui ! se dit Balbek avant de disparaître. Voilà ! Pour s'occuper des enfants, je dois choisir... un enfant ! ! »

Et en s'évanouissant, il vit ce qu'il allait devoir entreprendre pour réussir un tel dessein.

« Mon Dieu, quelle histoire ! » furent ses dernières paroles depuis le monde des Anges.

Le rideau d'eau se referma sur lui, sans Pop ! ni petite vapeur.

Au revoir, Balbek.

Chapitre 4

Qui contient en germe tous les déboires à venir du petit Harold

Harold se réveilla sous le pont du Hollowspring. Il s'aperçut qu'il avait neigé pendant la nuit. Une fine couche blanche et délicate.

« C'est tôt pour la saison ! », se dit l'enfant.

Le soleil se levait à peine de l'autre côté du canal, au-delà d'une rangée de toits qui ressemblaient aux dents d'une scie.

Harold était ravi que son ami ne soit pas encore debout. Il ne voulait pas lui laisser voir ses bleus et l'inquiéter. Il défit sa couverture, se leva et se frictionna les bras et les jambes. Il avait faim et saisit un autre morceau de pain noir qu'il plongea dans sa poche. Le Falou était enveloppé dans son grand manteau couvert de cendre et de gras, il avait les bras repliés sur le torse, son visage était doux et souriant, son gros ventre se soulevait lentement. Il dormait.

Harold préféra s'éclipser sans faire de bruit.

Au fronton des usines, les premières cloches appelaient déjà les ouvriers. Les rues désertes se remplissaient d'ombres traînant les pieds : les hommes et les femmes de Cokecuttle en marche vers leur travail.

Le morceau de pain que Harold avait emporté était trop gros et trop sec ; le garçon courut actionner une petite pompe d'où coulait un filet dérisoire. Il trempa son pain sous l'eau glacée avant de le grignoter. Ce n'était pas un festin, mais il était satisfait.

Ensuite il cavala jusqu'au portail de la fabrique de bouteilles de Chquire & Sons Inc. Cette fabrique était de celles qui travaillaient à feu continu, de jour comme de nuit. C'était l'heure du changement d'équipes. Dans la troupe des travailleurs qui quittaient l'usine, Harold reconnut un enfant du même âge que lui. C'était son ami Honnêt'Joe. Ce petit bout de dix ans était pâle comme un linge et il toussa et cracha beaucoup en saluant son compagnon. Le garçon passait ses nuits à enduire des bouteilles et coller des étiquettes « Chquire ». Le produit utilisé était si corrosif que Honnêt'Joe avait les doigts brûlés jusqu'au sang. Harold vit qu'il était ce matin plus mal en point que jamais ; mais il esquissa toutefois un sourire à l'intention de son ami.

« Alors ? Comment s'est passé l'examen d'hier au soir ? » demanda aussitôt Honnêt'Joe.

Harold fit le récit de la traîtrise du Savoyard. Il montra ses bleus et ses égratignures.

« Cet Arsouille mériterait une correction ! » dit Joe avec un peu de colère. Mais un voile passa sur ses yeux. « Bah ! il est inutile de se venger, ajouta-t-il. Nous avons mieux à faire. Je suis plutôt heureux pour toi. Tu es le seul de notre âge en ville qui sache un peu lire et écrire ; c'était triste de te voir partir chez les ramoneurs. Cet échec est une bonne chose. »

Le matin, les deux amis se réfugiaient dans une partie de Cokecuttle qu'ils appelaient leur « planque ». Mais le temps leur était toujours compté : Joe était un des rares enfants de Cokecuttle à cumuler deux salaires. Après la colle et les étiquettes de Chquire, il allait briser de la caillasse pour les entreprises du bâtiment.

Harold et Joe partirent vers le nord de la ville. Leur « planque » était située entre la prison et l'hôpital de Cokecuttle. Au milieu de ces deux bâtiments : une usine. Encore. Mais celle-ci ne ressemblait à aucune autre. Elle servait autrefois à une fonderie qui avait fait faillite. La machinerie était restée sur place et un fabricant de Londres était venu transformer la mécanique à son avantage. Aussi surprenant que cela puisse paraître dans un monde comme celui de Cokecuttle, le fabricant qui s'était établi ici manufacturait des jouets pour enfants. Ancien artisan, il voulait mettre à profit la force éruptive des chevaux-vapeur pour produire en quantité ses figurines et ses animaux de bois. En pleine folie du textile et de la métallurgie, un monde fantaisiste et joyeux avait réussi à trouver sa niche.

Harold et Joe grimpaient vers le toit et la charpente. Cette usine était la seule où les bielles et les courroies de transmission s'interrompaient de temps en temps et où la température était supportable. Du reste, trois artisans y concevaient des boîtes à musique et, de temps en temps, une pianiste de Preston venait jouer sur l'instrument à queue de nouveaux airs à la mode à « mettre en boîte ». Ces jours étaient délicieux pour les deux enfants : l'usine se taisait et faisait office de caisse de résonance.

Mais ce matin, point de pianiste, le tapis roulant servait aux artisans et aux bras mécaniques pour confectionner des pantins qui seraient peints en rouge et en noir.

Les amis ne parlèrent pas beaucoup. Joe était épuisé. D'ordinaire, ils ne cessaient de commenter la création des nouveaux jouets de la fabrique, s'étonnant que ce soit toujours des adultes qui choisissent ce qui devait plaire aux petits, riant des prototypes qui fonctionnaient mal, rêvant de pouvoir ne serait-ce qu'une seule fois toucher des mains ces petits bijoux d'amusement qui aussitôt mis en caisse quittaient Cokecuttle pour Londres ou Manchester. Harold et Joe rivalisaient d'invention sur les joujoux qu'ils créeraient, eux, s'ils avaient ces moyens de production à leur portée.

« C'est un drôle de monde, disait Harold. Que connaissent les adultes des jouets destinés aux enfants ? C'est comme si nous, nous prenions la place des tailleurs de costume pour habiller les banquiers de Londres ! »

Joe avait un jouet de prédilection, un jouet qu'il rêvait de posséder : un cheval à bascule. Le fleuron de l'usine de Cokecuttle. Quant à Harold, il hésitait entre une panoplie d'Indien et un beau livre d'images qu'il partagerait avec Le Falou. Mais cela restait des vœux pieux, aucun d'eux ne pensait voir se réaliser ces rêves. Qui donc leur offrirait des jouets ? Qui penserait à eux ? Pour répondre à cela, Harold raconta un jour une histoire du Falou :

« Il paraît qu'à l'origine, les trois fameux Rois Mages qui sont venus apporter des présents à la naissance du petit Jésus, ils étaient quatre !

– Quatre ?

– Oui. Mais le quatrième aurait raté le jour du départ et il n'a jamais trouvé Jésus. On dit que depuis, il parcourt le monde à sa recherche et que sur sa route, il distribue des présents aux petits enfants. Qui sait, Joe, peut-être viendra-t-il un soir t'apporter ton cheval à bascule ? »

Joe regarda Harold et demanda d'une voix blanche :

« Bah ! que viendrait-il faire à Cokecuttle ?... »

En effet.

Les amis ne parlèrent plus du quatrième Roi Mage.

Dehors, les premières fumées tombaient des cheminées et envahissaient la ville ; la mise en route des machines à vapeur faisait partout des secousses de tremblement de terre.

Dans le brouhaha du matin, les deux amis entendirent une cloche de berger. Ils savaient ce qu'elle célébrait : ils passèrent la tête à l'extérieur vers la Grand-Rue et virent un âne tirer une petite charrette, entouré de deux hommes habillés en noir. Sur la charrette reposait le corps sans vie du petit enfant tombé la veille dans l'exercice des ramoneurs. Harold et Joe ôtèrent leurs casquettes à son passage. Les gens dans la rue s'écartaient devant l'attelage en faisant des signes de croix. Les deux croque-morts saluaient la foule comme si c'était eux qu'on venait voir.

La lugubre cloche s'éloigna dans la rue.

« Que vas-tu faire à présent ? demanda Joe après un long silence. Si tu ne deviens pas ramoneur et que les lettres du Falou sont découvertes par le Comité public ?

– Je ne sais pas encore.

– Je ne te souhaite pas de retourner chez Miss Parrott ! »

Joe connaissait l'orphelinat, de réputation. Celui-ci était une succursale de l'hospice des Enfants trouvés mais n'avait rien d'un havre offert par la générosité publique, c'était plutôt ce qu'on appelait alors une *workhouse*. Les enfants y étaient exploités pour de modestes travaux afin de s'acquitter du gîte et du couvert. Mais sous la férule intraitable de Miss Parrott, l'orphelinat de Cokecuttle se différenciait à peine d'une pure et simple maison de redressement.

« Je ne m'inquiète pas, dit Harold. Le Falou trouvera une solution. »

Au-dessous d'eux, le patron de la fabrique de jouets apparut pour inspecter la reprise du travail. Il faisait beau voir un homme grand et sec, le cheveu gris, habillé d'une redingote de notaire, tenir entre les mains un pantin de bois et l'ausculter comme si cela était une bielle de moteur ou un enfant malade. Il n'avait vraiment pas la tête à savoir s'amuser, ce marchand de jouets ! Du reste, Harold et Joe s'accordaient pour dire que ces pantins n'avaient rien de plaisant et plaignaient les enfants qui finiraient avec de tels morceaux de bois.

Le patron rangea un pantin dans sa boîte. C'était un simple carton brut avec le nom du fabricant écrit au noir. Harold songea que des enfants devaient sans doute rêver de cet emballage fruste : il le trouvait aussi triste et terne qu'un cercueil.

Le temps arrivait pour Joe de rejoindre les locaux de l'entreprise de bâtiment. Cependant il toussa tant sur le chemin qu'Harold insista pour le remplacer et qu'il rentre se reposer chez lui. C'était la troisième fois ce mois-ci qu'Harold le secourait.

« Merci », dit Joe, sentant bien qu'il était à bout de force.

Il s'en retourna dormir chez sa grande sœur Emma (si toutefois le mari de celle-ci l'autorisait à rejoindre son pucier de lit et ne se mettait pas en tête de lui faire accomplir le linge ou la lessive... à ce « fainéant » !).

Harold prit la route de la carrière où on le laissa occuper le poste de Honnêt'Joe sans faire d'histoire. Toute la matinée il heurta de la pierre avec un maillet, sans protection pour les yeux ni pour le visage. Une fois sur dix, un éclat venait lui piquer ou lui entailler les joues.

À la pause du déjeuner, Harold n'eut pas le courage de retourner voir Le Falou au bord du Hollowspring comme il en avait l'habitude. Il ne voulait pas courir le risque de manquer la reprise du travail et mettre une amende sur le dos de son ami. Il travailla jusqu'à sept heures du soir.

À sa sortie, la nuit d'automne s'était en partie faite sur Cokecuttle. Harold se demandait comment Joe pouvait supporter un tel rythme : d'ordinaire il n'avait que cinq heures de sommeil devant lui avant de devoir retourner à la fabrique de bouteilles jusqu'à l'aube. Le mari de sa sœur était intraitable : le travail de jour payait son couvert, le travail de nuit payait son gîte. Joe aurait pu fuir, mais il ne voulait pas abandonner sa bonne Emma qui souffrait presque autant que lui.

Harold rentra au quai du Hollowspring. Il se traînait, la tête vidée. L'épuisement, la répétition frénétique du même mouvement, le bruit assourdissant, tout contribuait à abrutir le travailleur au dernier point ; il était bientôt empêché de penser la plus simple des choses. Pour l'heure, à neuf ans,

Harold avait perdu sa joie de vivre, sa curiosité, ses instincts d'enfant, il lui semblait marcher au pas cadencé des arbres de transmission.

Mais en descendant vers le pont, Harold entendit comme d'habitude le tintement réconfortant de la clochette de son ami.

Il sourit et pressa le pas.

Chapitre 5

Dans lequel le mauvais sort commence son horrible travail de sape...

Ce cliquetis était l'annonce que les malheurs du jour disparaissaient enfin. Le pont était son abri, son ancre de salut. Mais il accéléra sur une courte distance seulement : il s'arrêta net, surpris par ce qu'il découvrait au bord du canal.

La nuit n'était pas plus claire que la précédente, pourtant on y voyait comme en plein jour. Au moins huit personnes étaient présentes sous le pont du Falou. Trois d'entre elles portaient des flambeaux. Harold recula.

Le chef de la police était là, en uniforme, avec le coroner de la ville. Plusieurs badauds discutaient comme aux jours des grandes nouvelles.

Harold chercha Le Falou des yeux. Une phrase du coroner à l'intention du chef de la police l'inquiéta : « Ce sont certainement des garnements venus de Manchester qui ont fait le coup. Ils rôdent dans les environs depuis quelques jours. Ces vauriens ne respectent rien. »

Un frisson parcourut l'enfant. Il avança, un peu comme un automate, glacé.

Quel coup ? Où était son ami ?

« Recule de là, petit ! Allons ! »

La voix le fit bondir. La lumière blonde des torches avait beau altérer les formes et les couleurs, il regarda ses pieds et comprit que ses godillots piétinaient une flaque de sang.

« Ils l'ont roué comme un chien, entendait-il derrière lui.

– Si ce n'est pas malheureux, il ne faisait aucun mal, ce vieillard.

– Cela s'est passé à l'heure du déjeuner, semble-t-il. Nous ne retrouverons jamais les coupables. Comme d'habitude. »

Et de fait, le coroner annonçait à la police qu'il était inutile de diligenter une enquête : un vagabond était rossé à mort par d'autres vagabonds, la police de Cokecuttle avait mieux à poursuivre que cette triste affaire. Il s'en comptait par dizaines chaque mois dans le Lancashire.

Harold sentit la tête lui tourner. Il regardait le petit monde du Falou : les caisses et les malles avaient été renversées, les assassins avaient emporté ses grandes bottes et une bouteille en étain : absurde butin.

Harold vit les bedeaux de justice qui fouillaient dans les paniers de papiers et recueillaient les écrits du Falou ; il aperçut aussi un gros sac de toile qui attendait d'être emporté.

Le corps du vieil homme.

La clochette avait sonné peu avant, lorsque les policiers l'avaient déposé à terre.

Harold sentit les larmes qui montaient.

Il s'enfuit.

*

Il se blottit dans l'abri de la fabrique de jouets. C'était la première fois qu'il s'y rendait de nuit. La tiédeur de l'usine était encore agréable.

Il pleura en silence.

Dans la semi-obscurité, les visages figés et gris des pantins et des animaux en jouets avaient quelque chose de mystérieux ; ils semblaient aussi désolés que lui.

Le lendemain, il raconta la tragédie à Joe.

Puis il passa à l'action.

Harold fit tout que pour son vieil ami ne rejoigne pas la fosse commune de Cokecuttle : il retrouva le corps à la morgue de l'hôpital ; avec une modeste somme offerte par Emma, il réussit à payer le bois et une partie du déplacement d'un cercueil par les entrepreneurs des pompes funèbres ; deux amies blanchisseuses se chargèrent de nettoyer les habits du Falou afin qu'il soit propre pour son dernier voyage ; sachant que l'homme rêvait d'horizons lointains, son jeune ami lui épargna la mise en terre et réussit à trouver une place sur un vapeur en partance pour le Pacifique, le corps serait jeté en mer au cours de la traversée. Enfin, Harold tapissa le cercueil du Falou avec ses pages favorites de *Tom Jones* et des Légendes d'Écosse. Tout cela fut accompli en seulement trois jours.

La dernière disposition eut lieu en pleine nuit, au croisement de Beacon Street et Pittcrow Commons. Harold y était avec Joe et trois autres amis venus leur prêter main-forte ; ils attendaient seuls, dans la pénombre.

La neige se remit à tomber.

Le son funèbre d'une cloche de berger résonna dans les rues désertes. L'âne et les deux croque-morts qui avaient servi pour les obsèques du petit ramoneur approchaient, leur charrette portant un gros cercueil en sapin, celui du Falou.

Les deux hommes, la mine close, peu satisfaits d'officier en pleine nuit et pour un si maigre salaire, déposèrent le cercueil devant Harold et ses amis. La somme acquittée par l'enfant couvrait à peine le trajet de la morgue de l'hôpital jusque-là. Pas un pas de plus ne serait fait en direction du port où le corps devait être embarqué.

« Voilà ! dirent les deux hommes sans abaisser leurs chapeaux. Heureux d'avoir pu conclure une affaire avec vous. »

Ils tournèrent les talons et disparurent avec leur âne, sans plus ni moins de cérémonie.

La boîte de sapin était posée aux pieds de Harold ; la neige commençait de la recouvrir.

« Allons », dit l'enfant d'une voix nouée, presque inaudible.

Les cinq menottes empoignèrent les anses du cercueil ; celui-ci ne se souleva que de quelques centimètres tant les porteurs étaient petits. Ils commencèrent d'avancer sur les pavés glissants, cahin-caha, avec des pas brefs. Le chemin était long avant d'atteindre le quai d'embarquement.

Les amis n'échangèrent pas un mot, seule la respiration pénible de Honnêt'Joe se faisait entendre.

Harold tâchait de ne pas trop songer au Falou. Chaque image de son ami lui serrait le cœur.

Mais soudain, une silhouette surgit dans la brume épaisse et marcha vers le cercueil. Puis une deuxième et une troisième.

Des enfants.

Ils approchèrent et, sans une parole, saisirent une part du cercueil du Falou. Et ainsi de suite, le long du chemin, des dizaines d'autres garçons et d'autres filles, de tous les jeunes âges, apparurent pour accompagner l'ultime voyage du Falou. Comment s'étaient-ils donné le mot ? D'où venaient-ils ? Harold l'ignorait, mais ils étaient bien là, escortant en silence l'homme qui vivait sous le pont du Hollowspring, l'homme aux mille histoires merveilleuses. Harold se dit que c'était une belle chose que d'avoir fait autant de bien autour de soi et d'en être récompensé de la sorte.

Le cortège d'enfants rendait des funérailles de roi à un vagabond. Sur le quai où attendait le bateau trouvé par Harold, il faisait nuit noire. Les enfants posèrent le cercueil au sol et firent cercle autour de lui. Un long silence suivit. Ce dernier appelait un discours : Harold finit par parler, avec une petite voix enrouée qui semblait vieillie de plusieurs années.

Le garçon n'avait assisté qu'à l'hommage public rendu à un marin de Preston. Il reprit les mêmes accents :

« Honneur pour la franche amitié du Falou, honneur pour ses belles histoires ! Honneur pour l'amoureux des livres, honneur au rêve et à la magie qu'il nous communiquait, honneur à notre ami, honneur à notre doux ami ! »

Deux marins descendirent du vapeur ; c'étaient les hommes avec qui Harold s'était entendu. L'un d'eux était une connaissance du Falou, c'est lui qui gardait des caisses de son bateau pour ses feuillets. Harold avait confiance. Les deux hommes voulaient agir vite : la présence d'un cadavre sur un bateau n'était jamais trop tolérée, il fallait l'embarquer avec le plus de discrétion possible. D'où le rendez-vous de nuit.

Les hommes saluèrent les enfants et saisirent le cercueil. Ils le hissèrent d'un coup sur leurs épaules. Ce mouvement brusque produisit un terrible effet sur Harold et ses amis : dans le silence de la nuit, ils entendirent la clochette du Falou résonner. Elle était restée pendue à son cou. Ce petit signe semblait un ultime salut du Falou, comme un adieu.

En tout état de cause, il fit verser beaucoup de larmes.

Seul Harold resta sur le quai, jusqu'au départ du vapeur à l'aurore. Il ne bougea pas tant que ce dernier demeura en vue. Enfin il glissa dans la brume qui enveloppait l'estuaire jusqu'à la haute mer.

*

Harold se demandait où aller à présent.

Il n'eut pas longtemps à chercher : au moment de se détourner du quai pour rejoindre la ville, il surprit six adultes en face de lui qui le regardaient fixement avec un œil noir.

Il comprit tout de suite qu'il ne devait pas rester.

Et il partit à toute vitesse, comme un bolide, mais une grosse main l'agrippa au col et le souleva dans les airs. Il eut beau faire mouliner ses jambes comme s'il courait toujours, l'agent de police lui dit avec raison :

« Tu n'iras nulle part, mon gamin ! »

Lorsque les bedeaux de justice avaient emporté les affaires du Falou le soir de son assassinat, des exemplaires de lettres destinées à l'Assistance publique pour le petit Harold avaient été retrouvés. La police présenta ces indices de falsification au Comité public et la belle et aristocratique écriture du Falou fut reconnue !

La police conduisit Harold dans une cellule qui jouxtait les bureaux du commissariat. C'était l'antichambre de la terrible prison de Cokecuttle.

Le garçon se dit que sa vie avait suivi jusque-là un rythme plutôt sans surprise : des années monotones d'orphelinat, puis une année de bonheur avec Le Falou ; mais ce dernier l'avait averti le jour où il s'était inscrit pour le concours des ramoneurs : « Tout va se bousculer pour toi, désormais. Tu vas faire de nouvelles rencontres, prendre des risques imprévus. Dans quelques mois, tu ne seras plus le même enfant. » Le Falou aurait pu tout aussi bien dire « dans quelques heures ».

Harold se retrouva entre des murs lépreux, humides, couverts de salpêtre et de mousse, et une porte à gros barreaux qui donnait sur la salle du surveillant. Il n'était pas seul dans la geôle. Un homme en loques était moitié allongé moitié appuyé contre un mur. Le surveillant s'adressait à ce pensionnaire sous le nom caractéristique de « Pris de boisson ».

L'homme ne parlait pas mais regardait intensément notre ami. Nul ne savait son nom, ni d'où il venait ; il avait été repêché dans la rue peu de temps avant l'arrestation de Harold. S'il avait avoué qui il était, personne ne l'aurait cru : un Ange revenu du ciel, mandaté par un Conseil pour sauver Noël ! Et pourtant, oui, le « Pris de boisson » était un certain Balbek...

... il observait Harold Gui.

Ce dernier préféra détourner le regard de son voisin et lire sur le mur des inscriptions gravées par d'anciens détenus. En dépit d'une orthographe libre, il réussit à en déchiffrer quelques-unes : c'étaient de vertes insultes dirigées contre ceux qui avaient conduit leurs auteurs sous les barreaux : promesses de meurtre, d'étranglement, de noyade, de découpage de membres au couteau, d'ensevelissement vif sous le charbon. L'un d'eux prophétisait même qu'à sa sortie de prison, il dévorerait sans cuisson ni assaisonnement tous les membres de la famille du brasseur Tom Baring, le chien y compris.

« Mais où suis-je tombé ? » se demanda Harold. Il frissonna.

Une heure après son arrivée, le surveillant lui annonça une visite.

Harold vit apparaître le Maître Ramoneur Lucius Lavander ! Il eut la conviction que cette présence était une bonne nouvelle, sans doute l'homme était-il là pour le secourir, il pouvait lui donner un travail et un salaire honnête et le tirer de ce mauvais pas. Oui, Lavander était un homme bon : qui sait s'il n'avait pas appris l'injustice dont Harold avait été la victime avec le Savoyard ?

Lavander approcha son visage des barreaux de la porte.

« C'est bien lui. Je le reconnais, c'est lui ! »

Son ton de voix n'allait pas du tout dans le sens espéré par Harold.

« C'est lui ! » répétait le Ramoneur. S'il avait débusqué le responsable de tous les maux qui s'abattaient sur lui depuis le jour de sa naissance, il n'aurait pas pointé un doigt plus vengeur dans la direction du garçon.

« Bon, répondit le surveillant, votre témoignage viendra. Signez là, l'ami. »

Lavander s'exécuta, c'est-à-dire qu'il fit une croix; puis il lança un regard de haine à l'enfant.

« Tu fais moins le malin ici et maintenant, hein ? »

Là-dessus il sortit sans s'expliquer davantage sur ce « hein ? » ni sur cette condition de « malin » qui lui semblait si évidente. Du diable si Harold y comprenait quoi que ce soit.

Le visiteur sorti, le « Pris de boisson » émit un long sifflement admiratif :

« Eh bé ! Tu m'as l'air bien en train pour un gamin de ton âge. Belle situation. Compliments. »

Mais Harold ne put répondre tant il était ahuri par le cours des choses; une seconde visite intervint peu après dans la pièce.

Cette fois, Harold reconnut le coroner qui avait fait le constat de la mort violente du Falou sous le pont du Hollowspring. L'homme de loi ne dit pas un mot; il entra dans la cellule, sortit un mètre et prit les mensurations du garçon; puis il signa un formulaire sur le bureau du garde et s'en alla, la bouche toujours close.

Le « Pris de boisson » se sentit aussitôt dans l'obligation d'émettre un second sifflement, toujours sur le mode admiratif :

« Voilà qu'il mesure la taille de la corde pour ta potence ! On ne chôme pas à ton endroit : qu'as-tu fait, dis-moi ? Tu as volé une veuve, pas ? Frappé un des fils de l'administrateur Lord Cuttle ? Chapardé dans la caisse des grands patrons ? Compliments. »

Harold se cacha le visage et pensa à toutes les menaces lues sur le mur de la cellule; il sentait que, pour son malheur, il allait bientôt être, tout à la fois, coupé, brûlé, frappé, noyé, rossé, écroulé sous du charbon puis mangé sans cuisson ni assaisonnement comme le chien de Tom Baring.

C'est alors qu'un troisième personnage entra, toujours dans l'intention de visiter Harold.

La personne n'était pas dans la pièce qu'il l'avait déjà reconnue : la porte ouverte laissait entrer une ombre sur le sol faite d'angles aigus et saillants comme les ailes d'un dragon : Miss Parrott apparut. Elle était accompagnée d'une ombre plus dodue, Donald Spade, l'abject second de l'orphelinat public de Cokecuttle.

Miss Parrott ressemblait à un sac d'os revêtu d'un sac d'affliction, et arborait une face de fin de carême ou de début de grave maladie des intestins.

À ses côtés, Donald Spade était rond, humoristique sans vouloir l'être et bête comme ses lacets. Il pensait tout de côté, raisonnait à rebrousse-poil, avait tant l'esprit tourné à l'encontre du sens commun qu'on le disait être né par le siège et se coiffer la tête en bas.

« Je le savais ! » furent les premiers mots sifflés par Miss Parrott à la vision de Harold.

Cette femme avait l'air si sévère que le « Pris de boisson » lui-même ne se laissa pas aller au moindre commentaire.

« Je l'ai toujours su ! »

Pour une raison qu'il ne pouvait s'expliquer, Miss Parrott avait continuellement eu Harold Gui en détestation, et ce depuis le premier jour où il pénétra à l'orphelinat de End's End. Question de nature sans doute.

« Je vous assure que je l'ai toujours su ! » insista Miss Parrott pour le surveillant qui ne lui avait rien demandé.

Harold savait ce qu'elle entendait par là : son « tuteur » de l'an dernier n'était qu'un conte de nourrice à confondre au plus tôt.

« Je regrette seulement que l'on ne m'ait pas entendue, dit-elle. Ce gredin va me payer cette honteuse mystification. »

Le surveillant approcha :

« Pardonnez, mais... vous êtes venus pour l'emporter ?

– Bien entendu que nous l'emportons ! Nous sommes même aux anges de le retrouver parmi nous, pas vrai, Monsieur Spade ?

– Vrouahai ! »

Spade avalait un petit gâteau à la meringue tiré de sa poche ; sa réponse à la question de Parrott sortit de sa bouche au moment où la pâtisserie y entrait, ce qui créa un net conflit d'articulation.

Si Miss Parrott ne s'autorisait jamais rien de ce qu'elle défendait aux enfants, Donald Spade, lui, faisait systématiquement l'inverse : il mangeait des poulets devant eux lorsqu'ils étaient mis au pain sec et à l'eau, il se détendait grassement pendant qu'ils travaillaient dans la fièvre, il était menteur, hypocrite, dissimulateur et un peu voleur, ce qui faisait que, sans être aussi méchant que sa maîtresse, mais en étant beaucoup plus bête, il était tout aussi détesté par les orphelins.

« Vrai, Miss Parrott, crut-il devoir corriger après avoir avalé son gâteau.

– Nous l'emportons à l'orphelinat, reprit la diablesse, mais avant cela, nous devons le mener pour une comparution immédiate devant le Comité de l'Assistance publique, réuni et présidé aujourd'hui par le Lord-maire en personne ! Pour statuer exceptionnellement sur son misérable cas. Une voiture nous attend. »

Là, le « Pris de boisson » n'y tint plus, il avait eu beau se contenir, se tortiller, se mordre les lèvres, la coupe était trop pleine, le destin trop cruel, il lâcha un long et puissant troisième sifflement ! De mémoire, il n'avait jamais vu autant de déveine s'abattre en si peu de temps sur une même personne, et qui plus est, un enfant.

Chapitre 6

Où l'on convient de l'importance d'avoir un ange qui veille sur soi

Harold fut tiré par les oreilles de la cellule à la rue, de la rue à la voiture, de la voiture au bâtiment de l'Assistance publique, du bâtiment à la salle d'audience du Comité. Miss Parrott le propulsa littéralement de ses mains grêles dans la pièce et referma d'un coup brut la porte derrière lui. Le garçon resta seul, sans oser avancer.

Une voix de basse lui ordonna de se présenter à la barre qui faisait face au pupitre ; pupitre derrière lequel se tenaient les dix membres du Comité.

Harold avança d'un pas hésitant, essayant d'amortir l'embarrassant ploc ploc de ses galoches sur le parquet. La pièce était vaste et pouvait accueillir huit rangées de spectateurs ; mais aujourd'hui, l'auditoire était absent. Sur les murs, de hauts et larges portraits récapitulaient la grande histoire des maîtres de l'industrie en général et de la famille Cuttle, propriétaire de la « Cokecuttle

& Sons » en particulier. Harold constata que tous les visages étaient cadavériques et vitreux, et se convainquit qu'ils avaient dû être exécutés sur le lit de mort des modèles. À sa droite, trônait un magnifique globe terrestre en bois massif sur lequel étaient épinglés de petits drapeaux anglais signalant chaque partie du monde colonisée par l'Empire de Sa Très Gracieuse Majesté : sans doute cette démonstration de l'étendue de l'Empire servait-elle aussi à illustrer l'étendue de l'autorité du Comité de l'Assistance publique de Cokecuttle.

Harold arriva à la barre. Ou plutôt sous la barre, tant celle-ci le surpassait de deux têtes. Miss Parrott et Monsieur Spade avaient été très explicites au sujet de cette salle d'audience, elle servait à tous les comités et à tous les tribunaux de la ville, c'était entre ses murs qu'étaient proclamés les condamnations à mort et l'exil des voyous dans les prisons de l'hémisphère Sud ! Harold comprit pourquoi l'on n'avait pas agrémenté l'endroit de tableaux plus guillerets.

De sa place, impossible d'apercevoir le visage des membres du Comité. Le pupitre était trop haut, Harold ne voyait que le manche du marteau qui servait au président à rétablir le silence et une clochette qui appelait le greffier ou un agent de l'ordre.

Mais soudain un visage surgit, puis un autre, et un autre, ainsi de suite jusqu'à la totalité des membres ; ces derniers se penchaient par-devant pour étudier la mine du cas qui les occupait. Harold vit beaucoup de crânes chauves, de couronnes de cheveux blancs, de barbes soignées et de nez plus ou moins proéminents, mais il sentit surtout de lourds regards qui le toisaient comme s'il n'était qu'un vague tas de boue ou quelque autre gracieuseté absolument insignifiante.

L'homme du centre, le président, était John Edmund Cuttle, héritier du nom et de la compagnie de textile, Lord-maire de Cokecuttle et représentant au Parlement. Il portait à l'œil gauche un monocle doré, comme à chaque occasion où il était « appelé à rendre la justice » comme il aimait à le dire en société.

« De tous les cas indignes qu'il m'ait été donné de juger dans cette assemblée, commença-t-il soudain, ton cas, sacré chenapan, est celui qui m'arracherait le plus épouvantable cri d'horreur, si j'avais l'incorrection de laisser paraître mes sentiments ! »

Le ton était donné.

Les voisins de Sir Cuttle approuvèrent par divers marmonnements.

Harold se sentit rapetisser sous la barre des témoins.

Le Lord-maire dit :

« Lord Atkinson, veuillez lire les charges retenues contre ce gredin. »

Le Lord lut :

« Affaire du renégat Harold Gui, sans domicile ni qualité connus. Première charge retenue par le Comité : escroquerie avérée contre les subventions de l'Assistance publique, mensonge, falsification, détournement d'identité, cela avec la complicité d'un vagabond appelé Falou, mort il y a trois jours dans un assassinat de rue propre à ce misérable type d'individu. »

Grand brouhaha indigné derrière le pupitre.

« Deuxième charge, reprit Atkinson, le susnommé Harold Gui est accusé par l'honorable

Maître Ramoneur Lucius Lavander de l'avoir bassement dévalisé pendant son sommeil. La somme du délit s'élève à trois guinées ! »

Là, Harold laissa choir sa casquette ; le dossier d'Atkinson expliquait que Lavander était venu témoigner d'un vol commis chez lui après l'examen des petits ramoneurs et de sa conviction certaine de la culpabilité d'Harold Gui ! Le garçon se rappelait bien le geste vif qu'avait commis Lavander pour rattraper sa bourse tombée de son chapeau devant tous les enfants. Mais il n'était pas le seul à avoir découvert où il cachait son bien ! Certainement que dans la troupe l'un d'eux avait tiré profit de cette révélation. Pourtant Lavander expliquait dans son témoignage qu'Harold Gui s'était servi de l'examen des ramoneurs pour isoler l'endroit où il dissimulait son argent (le chapeau) ; cela était d'autant plus évident qu'il lui trouvait depuis le début un air bravache et sournois et qu'un des concurrents (le Savoyard) l'avait prévenu que le garnement avait essayé pendant l'épreuve de lui arracher son trophée ; l'honnête joueur ne s'en était sorti qu'au prix d'une empoignade avec la canaille. Ce fait était attesté par un troisième participant très digne de confiance. Lavander insistait sur la somme de trois guinées qui lui manquait. Une fortune. Il attendait du Comité qu'il le remboursât ou bien il se pourvoirait vers la Chancellerie ! Lavander usait là du seul levier qui lui restait pour retrouver un peu de son butin emporté. Et tant pis si cela risquait de précipiter la chute d'un petit comme Harold, devenu cambrioleur malgré lui.

Ce nouveau témoignage de la perfidie de l'accusé fit son effet derrière le pupitre.

Harold ne comprenait pas ce qui lui arrivait.

« Troisième charge, dit enfin Atkinson, et qui découle des deux précédentes, comme vous allez le constater vous-mêmes : le prévenu est soupçonné et accusé de complicité dans l'assassinat du dénommé Falou sous le pont du Hollowspring le 17 octobre dernier ! »

La messe était dite :

Un dissimulateur.

Un voleur.

Un assassin.

Le dossier de Harold Gui s'achevait par le témoignage de Miss Parrott qui résumait les huit années du sujet passées dans son orphelinat d'un mot sans réplique : « Incurable ».

Le Lord-maire explosa :

« Ne vous avertissais-je pas que ce cas dépasse tout ce que nous avons pu voir jusqu'à aujourd'hui de la dégénérescence de la jeunesse ouvrière de notre ville ? »

Bien entendu, on répondit oui.

Harold eut soudainement la conviction que les figures de zombies accrochées aux murs du tribunal allaient descendre des tableaux pour l'invectiver à leur tour et l'accuser de tous les maux de la terre. Il s'efforçait de rester coi et digne autant que possible mais il sentait ses joues se colorer et sa vue se troubler sous les premières larmes. Le soupçonner de la mort du Falou ! !

Les têtes chauves des membres du Comité avaient disparu et il entendait seulement discourir de son sort :

« Il faut faire un exemple !

– Peut-on *pendre* un enfant de nos jours ?

– Il faudrait expliquer le cas à la foule, mais rien n'est inenvisageable.

– Je propose de l'envoyer sur l'île de Norfolk. Une île pénitentiaire du Pacifique.

– Norfolk me paraît une bonne idée. Serait-ce un exemple suffisant pour vous, très cher ?

– Hm... ça pourrait aller. Il faudrait alors prévenir la presse et le montrer embarquant sur le bateau des prisonniers avec des chaînes aux poignets et aux chevilles. Là, cela conviendrait.

– C'est ça. Harold Gui. Que son nom reste gravé dans les mémoires et terrifie tous les petits : " Si tu n'es pas sage, tu rejoindras Harold Gui à Norfolk ! " Je trouve cette idée très réjouissante et très pratique.

– Vous êtes certains de ne pas souhaiter le voir pendu, ce petit ? »

Ces phrases et les suivantes se bousculaient dans la tête de l'enfant. Il dut s'agripper des deux mains à la barre pour ne pas chuter, à moitié sonné. « Les choses vont se bousculer dans ta vie, tu verras », lui avait prédit Le Falou.

Derrière le pupitre un consensus s'ordonnait autour de l'incarcération dans l'île de Norfolk.

Le procès touchait à sa fin.

Le président John E. Cuttle allait passer au verdict, à contresigner par les membres du Comité, lorsqu'un événement curieux intervint. Oh, rien de très exceptionnel, et pourtant...

La clochette posée devant Cuttle sonna un coup clair.

Toute seule. Sans que qui que ce soit approche sa main de l'objet.

Cuttle haussa les sourcils et fit tomber son monocle sur la table. Il se pencha pour voir si une petite bête ne se serait pas glissée sous l'instrument. Mais rien. Et la cloche était redevenue muette. On se regarda sans faire de commentaire, puis toute la troupe retourna à ses réflexions et chassa de son esprit ce petit prodige sans conséquence.

Il eut pourtant un effet ce coup de sonnette, celui de réveiller un onzième membre du Comité de l'Assistance publique que Harold n'avait pas encore vu ; et pour cause, il était déjà assoupi dans son fauteuil lorsque le petit entra dans la pièce. Ce monsieur s'appelait Lord Milton Chubblewig, il était le plus âgé du Comité, aussi ne lui disait-on rien lorsqu'il s'endormait au bout de deux ou trois minutes seulement de séance. La clochette lui avait fait ouvrir un œil.

Elle avait eu aussi pour effet de faire entrer en trombe Miss Parrott dans la salle. La sonnerie servait d'ordinaire pour appeler un agent de l'ordre, mais Miss Parrott s'estima mieux placée que quiconque pour remettre de l'ordre dans une affaire qui concernait un enfant. Donald Spade la suivit discrètement.

Lord Chubblewig ouvrit son second œil et se pencha vers Harold Gui. Il présenta son impressionnante touffe de cheveux blanc argenté et sa mine toujours souriante ; comme à son habitude, il posa la question qu'il lançait toujours, où qu'en fût le Comité de l'avancée de son procès :

« As-tu quelque chose à dire pour ta défense, petit ? »

Cette intempestive et sempiternelle question insupportait au plus haut degré Messieurs Cuttle et Atkinson, d'abord parce qu'ils se moquaient des réponses des accusés, ensuite parce qu'elle faisait durer les séances interminablement. Miss Parrott donna un coup de talon sur le parquet pour marquer aussi sa désapprobation.

La phrase de Chubblewig articulée bien haut créa un silence identique à celui qui avait suivi le mystérieux coup de clochette.

Harold lâcha la barre et mit ses mains derrière le dos, d'un air soumis.

« Heu... je voudrais bien, messieurs, si cela vous plaît.

– Eh bien parle ! insista Chubblewig, nous sommes là pour t'écouter. »

Rien n'avait indiqué jusqu'ici cette particularité du comité, mais Harold ne voulut pas relever. Il dit :

« Pour la première charge qui m'est imputée, je tiens à dire que l'argent de l'Assistance publique n'a absolument pas été détourné, la charte dit qu'il doit servir à l'entretien et à l'éducation de l'enfant mis sous tutelle, c'est exactement ce qui s'est passé : je vous jure que Le Falou n'a pas bu une goutte d'eau, ni mangé un croûton de pain tirés de cette modeste somme ; et pourtant il m'a enseigné à lire, à écrire et à compter, ce qui est, je crois, la base de toute pédagogie réclamée par votre Comité. Pour ce qui est de Lavander, je fais le serment de n'avoir rien à voir avec le vol dont il est question et que le Maître Ramoneur se sert de mon arrestation pour se faire rembourser sa perte par vous ! Quant au meurtre du Falou, c'est la plus odieuse de toutes les accusations : Le Falou était mon ami, mon maître, et mon père ! Assassine-t-on son père, son père qu'on aimait le plus au monde ? Je vous le demande, messieurs, s'il vous plaît ? Pourriez-vous tuer votre père ? »

Cette sortie toucha l'assemblée tant elle paraissait sincère.

« Méfiez-vous, dit sournoisement Atkinson, Lucius Lavander nous a avertis qu'il avait la langue bien pendue et qu'il avait le don du boniment comme pas d'autres... »

Lord Chubblewig ne fit pas cas de cette interruption.

« Tu nous dis savoir lire, écrire et compter ?

– Assez. »

Le Lord-maire rajusta son monocle et arracha une feuille du dossier d'Atkinson qu'il tendit au petit :

« Lis donc si tu le peux ! »

Harold s'avança vers le pupitre et saisit la feuille sur la pointe des pieds. Il lut : « Harold Gui est le plus gredin des gredins que j'aie jamais rencontrés dans ma vie de gouvernante de l'orphelinat public de notre bonne ville. Messieurs, je dormirai d'un sommeil plus léger le jour où j'apprendrai que ce vaurien s'est rompu le cou ou qu'un chien l'a dévoré tout cru. L'enfance est la peste de l'âge. Pour moi, le sujet Gui est incurable. »

Cette déposition de Miss Parrott n'était pas la plus appropriée pour cet exercice, les larmes et les sanglots qu'elle arracha petit à petit à Harold pouvaient être pris par le Comité pour des hésitations de lecture. Miss Parrott s'en réjouit toute la première. Horrible femme !

« Mais c'est très bien ! dit Chubblewig. Messieurs, je demande que l'on évalue les capacités de ce garçon. De quoi est-il accusé ? »

Chubblewig bondit lorsqu'il entendit parler de Norfolk.

« Un enfant à Norfolk ? Pourquoi ne pas le *pendre* tant que nous y sommes ! Ta, ta, ta ! Je compte que ce petit aille faire une évaluation au collège de Sir Mysfitt ; c'est un ami, il comprendra. »

En plus d'être le plus âgé, Chubblewig était baronnet, ce qui donnait un poids indéniable à sa parole sur le Comité, mais pas sur Miss Parrott qui soudain voyait pourpre.

Évaluation ! Le Comité n'eut bientôt plus que ce mot-là à la bouche. Il fut résolu à l'unanimité que Harold Gui passerait demain un examen à l'école de Mysfitt. Le résultat seul déciderait du sort du petit gredin.

Harold regarda Milton Chubblewig et la clochette avec une reconnaissance infinie. Il entendait que le nom de Norfolk revenait de moins en moins dans les arguments de ses pairs. Mais ce bref soulagement se heurta à la face de poisson de Miss Parrott qui s'avança. Le Comité lui avait confié le petit jusqu'au lendemain.

Harold fut une nouvelle fois tiré par les oreilles de la salle à la rue, de la rue à la voiture, de la voiture à l'orphelinat de « End's End » qu'il avait quitté un an plus tôt. Pendant le trajet, lui qui n'avait pourtant pas l'habitude de souhaiter le moindre mal à qui que ce soit, se dit que finalement il dormirait lui aussi d'un sommeil plus léger s'il apprenait que Miss Parrott et son acolyte Donald Spade s'étaient rompu le cou ou qu'ils avaient été dévorés crus par un chien.

À l'orphelinat, Miss Parrott avait mis au point une hiérarchie très stricte des punitions, allant de la privation de repas au bonnet d'âne, au cilice, au fouet, en passant par le cachot ou les coups de sabot. Le cas de Harold Gui (dissimulateur, voleur et assassin) dépassait de loin ce qu'elle avait pu rencontrer jusque-là ; ne trouvant aucune nouveauté assez sévère pour le garçon, elle résolut de lui faire appliquer toute sa panoplie en même temps.

Je vous laisse deviner la nuit que passa le pauvre Harold.

Chapitre 7

Des conséquences d'un tintement de clochette dans la destinée de Harold

C'est Donald Spade qui le conduisit le lendemain au collège de Sir Mysfitt.

Ce pensionnat était le favori des familles dirigeantes de Cokecuttle ; c'était un espace clos rempli de petits enfants riches. Ils vivaient, étudiaient, grandissaient, s'épanouissaient à Cokecuttle, mais exclusivement dans cette enceinte constituée de beaux bâtiments et de jardins peignés comme les parcs de la City, et sans jamais rien savoir ni deviner des horreurs et de la misère qui les entouraient ; dès un certain âge, ils étaient envoyés dans un établissement londonien où comme tous les autres, ils riraient de bon cœur des récits des syndicalistes ou autres journalistes qui feraient état de la sordide réalité des ouvriers de ce pays.

Ceci expliquant cela, Harold Gui se devait d'apparaître et de disparaître avant que le premier élève de Mysfitt ne soit réveillé.

Sur la route, Donald Spade insista sur l'humeur désastreuse de sa maîtresse : « Sache qu'à cause de toi et des soucis que tu lui occasionnes, Miss Parrott n'a pas fermé l'œil de la nuit ! Je l'ai entendue aller et venir aux quatre coins de sa chambre sans le moindre répit. » Là-dessus il fit de gros yeux pour bien signifier à Harold que rien de bon ne pouvait venir d'une Miss Parrott qui n'avait pas trouvé le sommeil. Attention inutile, Harold s'en doutait sans peine.

La grille du collège Mysfitt siffla sinistrement dans le très petit matin. Un clocher battit la demie de cinq heures, accompagné de deux chiens qui se renvoyaient abois pour abois ; la ville était déserte. Un homme attendait les visiteurs au pied du perron, une chandelle à la main.

« Je m'appelle Adam Parnell », dit-il d'un ton qui marquait sa répugnance des nuits écourtées. Il regarda Harold approcher avec une aversion croissante ; devant l'air misérable et suiffé de l'enfant, ses habits loqueteux, il ne put se retenir de sortir un mouchoir blanc et de l'appliquer sur son nez.

« Suivez-moi ! »

Donald Spade réussit à se faire excuser et à demeurer dans le fiacre en attendant le retour de Harold ; il claqua la portière et l'on peut gager sans risque qu'il se rendormit sur-le-champ.

Harold suivit Adam Parnell et sa chandelle dans les couloirs obscurs du collège. L'homme était vieux, grand, maigre, les cheveux blanchis par des décennies de loyaux services dans l'établissement de Sir Mysfitt.

« Notre cher directeur a bien voulu honorer la demande du Comité public, dit-il sans se retourner vers le garçon, mais à la stricte condition que votre évaluation se déroule hors des période de cours et que vous ne rencontriez aucun de nos pensionnaires. »

Harold traversa de tout son long la bibliothèque du collège ; en dépit de la lumière vacillante d'Adam Parnell, il n'en crut pas ses yeux : des rayonnages hauts de dix mètres croulant littéralement sous les reliures de cuir, des œuvres de tous âges et de tous les continents, certains volumes paraissant peser plus lourd que lui-même !

« Seigneur Jésus... »

Adam Parnell le fit entrer dans une salle de classe de géographie. Il alla à une armoire sortir deux feuillets d'une pile parfaitement rangée, on aurait dit un bloc de marbre.

« Ce sont les questions d'évaluation ordinaire que nous adressons aux nouveaux élèves qui se présentent à Mysfitt, dit Parnell en posant sa chandelle sur une table d'écolier. C'est bien la première fois qu'un garçon de ta... (il hésita en relevant nettement un sourcil) de ta condition est ainsi traité par nous. Quel âge as-tu ?

– Neuf ans, monsieur, s'il vous plaît.

– Tiens ? Je t'en aurais donné moins. » Il lui tendit un des feuillets. Ensuite il posa sur la table un encrier de plomb, une plume et un sablier. « Tu disposes du même temps que tout le monde. » Il renversa le sablier. « C'est parti.

– Mais de quoi s'agit-il ?

– Débrouille-toi. Cela fait partie de l'évaluation. »

Et Adam Parnell de se reculer dans un coin de la classe à attendre ; il disparut presque entièrement dans l'obscurité, la bougie scintillait seule sur la petite table. Anxieux, Harold s'assit et regarda devant lui. La plume d'abord. Il la saisit avec beaucoup d'appréhension, jusque-là Le Falou lui avait appris à dessiner des lettres avec une mine de charbon ; Harold n'avait jamais écrit à la plume ; quant au sablier, à estimer son débit, le garçon ne se donnait pas beaucoup de minutes. Il saisit le feuillet :

La première ligne écrite était en latin « *dura lex, sed lex* ». Il était demandé de la recopier, de la traduire et de la commenter. Harold ne saisissant rien au latin se contenta de faire ce qu'il pouvait et recopia de son mieux la sentence : il écrivit lentement, effrayé à l'idée de briser cette plume qu'il sentait si fragile. Ensuite, à défaut de commentaire, il reproduisit la seule sentence latine que lui avait apprise Le Falou : « On n'arrive au triomphe qu'au prix de maintes difficultés », *ad augusta per angusta*. Harold avait une jolie écriture d'enfant, il dessinait ses lettres en démarrant par le bas.

Il passa à la deuxième série de questions : quel était le mois qui précédait octobre, celui qui suivait janvier, le nom des quatre saisons, le nombre d'heures dans une journée, et cetera. Toutes questions d'ordre pratique auxquelles Harold pouvait répondre sans erreur.

La troisième partie ordonnait de remettre des chiffres et des lettres selon leur ordre logique. C'était long et fastidieux.

Enfin le feuillet se terminait par un simple problème de logique : si un chenapan reçoit huit coups de verge pour avoir volé une pomme au marché, que recevra-t-il s'il vole une botte d'asperges ? Cette énigme semblait au garçon aussi profonde que celle du Sphinx à Œdipe racontée par Le Falou. Arrivant à la conclusion qu'il voyait moins souvent d'asperges que de pommes sur les éventaires des marchands, Harold se dit qu'elles étaient plus rares et plus chères, aussi répondit-il : « Beaucoup plus de coups de verge ! »

Il n'eut pas terminé la boucle de son e que Parnell lui arracha le feuillet. Le sablier était vidé.

*

Donald Spade ne reconduisit pas Harold à l'orphelinat mais directement au bâtiment où siégeaient les membres du Comité de l'Assistance publique.

Le garçon fut assis dans une sorte d'antichambre et attendit de longues heures sans que personne vienne.

Lorsqu'une porte s'ouvrit (elle donnait sur la grande salle aux tableaux et au pupitre), Harold eut le déplaisir de voir sortir Miss Parrott. Elle quittait le Comité et semblait très satisfaite, triomphante même.

« Tu ne profiteras pas longtemps de l'hospitalité de mon orphelinat, sacripant ! »

Harold songea à la nuit qu'il venait de passer, aux lits durs, à l'absence de poêle dans les dortoirs, aux repas froids, aux vêtements mités, aux brimades incessantes ; il se dit que s'il devait cesser de profiter de l'hospitalité de Miss Parrott, il y survivrait sans trop de larmes. Comme il restait silencieux, Miss Parrott haussa les épaules, fit un mouvement des narines qui disait qu'elle ne pouvait plus sentir sa présence et quitta les lieux.

Une heure plus tard, Harold fut rappelé devant le Comité.

Tout était identique à la veille, y compris le précieux monocle du Lord-maire Cuttle.

Depuis la barre, le garçon vit Adam Parnell entrer dans la salle et tendre son feuillet d'évaluation vers le pupitre. En sortant, l'intendant de Mysfitt qui avait corrigé l'épreuve fit un discret signe de la main à l'intention de Harold, il disait : « Ne t'en fais pas, tu as très bien répondu, mon garçon ! » Harold sourit. Il reprit confiance. Pourtant...

Pourtant il avait oublié que Miss Parrott était passée avant lui.

Il avait oublié que Miss Parrott n'avait pas fermé l'œil de la nuit et qu'on ne devait rien attendre de bon d'une Miss Parrott en manque de sommeil.

En effet, elle avait surgi au Comité dès l'arrivée ce matin de ses membres ; elle fit un esclandre comme seule elle pouvait l'oser, c'était que Harold et son complice Le Falou l'avaient frappée au plus sensible endroit de son anatomie, à cet appendice qu'elle jugeait aussi naturellement greffé à son squelette qu'une oreille ou un bras, c'est-à-dire son porte-monnaie.

« Il n'est pas seulement question de punir cette mauvaise graine de la nature, aboya-t-elle, il faut encore qu'elle rembourse ce qu'elle nous a volé ! »

Rembourser un an de généreux subsides ! Norfolk ou la pendaison n'était pas du goût de Miss Parrott, s'il y avait la sévérité, il y manquait la réparation. Là-dessus elle se mit à pleurer, elle souilla deux mouchoirs de salive en faisant valoir tous les bienfaits qu'elle aurait pu prodiguer en un an à d'autres enfants, à de meilleurs sujets, plus reconnaissants, plus humains... Peste de l'ingratitude, de l'injustice, de la corruption des petits comme Harold Gui ! Voyant que de vraies larmes manquaient à son plaidoyer, Miss Parrott changea pour un registre qu'elle maîtrisait mieux : la colère et l'intimidation. Elle se mit à vitupérer le Comité, menaça de démissionner de son poste si on ne l'écoutait pas et même de faire savoir partout que le Comité de Cokecuttle se montrait faible et pliait devant les garnements ! Tous ces cris eurent un effet certain sur la plupart des membres, hormis le baronnet Milton Chubblewig. Celui-ci répondit simplement à la furie :

« Attendons de voir les résultats de cet enfant. Il peut ne pas être comme les autres et mériter notre attention. »

À ces mots, Miss Parrott s'étrangla et roula par terre. Les autres membres se précipitèrent, la réconfortant, l'assurant de leur soutien. Miss Parrott se fit plaindre et proposa, à voix basse, entre deux prises de sels, quelques solutions de son cru, idéales pour le cas de Harold Gui.

C'est après seulement qu'elle quitta la pièce et passa devant Harold avec son air de triomphe.

Entre-temps, le Comité avait choisi de terminer une autre affaire et... Lord Chubblewig s'était rendormi dans son fauteuil, comme à sa quotidienne habitude.

Le Lord-maire inspecta la feuille d'évaluation de Harold. Il hocha la tête sans rien dire. La feuille passa d'une main à l'autre, à chaque fois on hochait et on restait muet. Harold ne comprenait pas ce qui se tramait. Enfin, Lord Cuttle dit, mais d'une voix étrangement basse :

« Le Comité a bien fait de ne pas se laisser aller à sa première impression, tu es en effet un garçon qui a de la ressource ; elle se serait perdue aux travaux forcés de l'île de Norfolk... Tu as de l'instruction, tu peux donc te rendre utile. Attendu que tu t'es montré coupable du détournement d'une forte somme offerte par le Comité, celui-ci te demande aujourd'hui de le rembourser au prix de ton travail. Tu vas réparer ta disgrâce par ta sueur et ton salaire ! »

Harold se sentit aussi soulagé que si on l'avait acquitté de tous les chefs d'inculpation.

« Oui, messieurs, oui, fit-il. Je ne suis pas un fainéant, je rendrai tout, jusqu'au dernier penny, vous pouvez en être assurés, merci, messieurs, merci ! »

Il avait dit cela avec l'exaltation de son âge, le Lord-maire lui fit signe de parler moins haut et tout le monde se retourna pour voir si le baronnet Chubblewig ne s'était pas réveillé. Harold comprit alors pourquoi le président parlait à voix basse.

Le Lord-maire reprit sur le même ton : « Grâces soient rendues à Miss Parrott qui sait si bien ce qu'il faut aux enfants de cette ville : à son bon conseil, tu seras envoyé au plus tôt loin de Cokecuttle, en Écosse, dans une ferme de redressement tenue par Douglas Parrott le propre frère de notre chère Miss. »

La ferme du frère de Miss Parrott ?

Quoi ? Le *frère* de Miss Parrott ?

Harold avait entendu mille fois comment la vie des « fermes de redressement » était le pire endroit du monde pour les enfants. Ils y étaient employés comme des animaux, usés jusqu'à l'épuisement.

L'Écosse.

Harold ne verrait certainement plus Honnêt'Joe, ce serait trop loin pour revenir de temps en temps à Cokecuttle. À tout prendre, notre ami se dit que c'était aussi affreux que l'embarquement pour l'île de Norfolk !

Harold, apeuré, regarda intensément du côté de Chubblewig ; le vieil homme dormait toujours, sa lippe inférieure remuant comme s'il mâchonnait quelque chose ou discutait âprement dans son rêve. Le garçon sentit son cœur battre. Il fixa la clochette posée devant le président Cuttle, celle-là même qui avait mystérieusement résonné hier et lui avait sauvé la vie. Harold priait pour qu'elle tinte de nouveau, qu'elle réveille le bon vieux baronnet. Un bruit, n'importe lequel... Il en venait à supplier un des portraits accrochés aux murs de s'effondrer sur le parquet, un coup de tonnerre, un cri de chouette dans les combles, ou que le rêve de Chubblewig se transforme en un terrible cauchemar pour le faire bondir sur son fauteuil. Mais rien. Harold toussota, toussa, se racla la gorge. Toujours rien. Il gratta la barre des témoins. Encore rien. Et la clochette restait muette, affreusement muette, fatalement muette.

« Voilà qui est donc décidé, dit le Lord-maire. La somme due est l'équivalent estimé de cinq à six années de salaire à la ferme. Tu pars demain. »

Là-dessus, Cuttle prit son marteau pour clore la séance, mais heurta ses trois coups très doucement, à peine audibles...

Harold fut reconduit droit à la cellule de l'orphelinat où il avait passé la nuit.

Il ne savait ni quoi penser ni quoi dire, encore moins quoi faire ou comment protester.

La ferme du frère de Miss Parrott ? L'Écosse ?

Le sort avait choisi hier d'éveiller Chubblewig avec la clochette, il choisissait aujourd'hui de ne pas intervenir. Mon Dieu, espérons qu'il sache ce qu'il fait !

En pleine nuit, après que Donald Spade l'eut averti qu'il le conduirait lui-même jusqu'à la ferme d'Écosse dès le lendemain (ordre de Miss Parrott qui ne voulait pas risquer de le laisser s'enfuir pendant le trajet), Harold entendit des grattements dans l'obscurité. Quelque chose bougeait du côté de sa lucarne à barreaux. La fenêtre était entièrement masquée à l'extérieur par une caisse qui coupait l'air et la lumière. Lentement, à petits coups, la caisse se déplaça, dégagea la lucarne et un petit nez et des yeux brillants apparurent.

C'était Joe !

« Mais que fais-tu là ? murmura Harold. C'est très risqué ! Si Miss Parrott te découvrait...

– Ne t'occupe pas de moi, dit Joe. Toi plutôt ? Je ne sais rien, que veulent-ils faire de toi ? Dis vite.

– Ils ont découvert les fausses lettres du Falou. L'affaire est jugée, je pars demain pour une ferme en Écosse.

– Une ferme ? Mais c'est affreux. Tu dois t'enfuir. Veux-tu que je t'aide ? Demain ? Sur la route ? Je peux trouver des gens...

– Non, non, dit Harold. Surtout pas. J'y ai déjà réfléchi. Si je fuis où pourrai-je aller ? Et puis si l'on me rattrape, je risque une sentence plus lourde encore. Je t'assure qu'au Comité ils ne plaisantaient pas avec les pénitenciers des mers du Pacifique ou la potence pour les enfants. Non, c'est trop dangereux.

– Mais alors nous ne nous verrons plus ?

– Si, répondit Harold, mais je crois que nous aurons beaucoup grandi ce jour-là.

– Si je partais avec toi ?

– Ne dis pas de bêtises, allons. Tu ne peux abandonner ta sœur Emma. Et puis tu dois te soigner. Un voyage te serait fatal.

– Sais-tu où tu dois aller en Écosse ?

– Dans la ferme du frère de Miss Parrott.

– Un frère ? Elle a un frère ? Le lien de parenté augure mal du bonhomme. Es-tu certain de vouloir obéir ? Vraiment, on pourrait peut-être reparler à un marin que connaissait Le Falou ? Tu pourrais embarquer sur un navire à Preston et quitter le pays ? »

Mais des aboiements fusèrent subitement dans la cour de l'orphelinat.

« Qu'est-ce que je te disais ! Ça y est, le chien de Spade ! Allons, va-t-en ! Vite, vite, ne te fais pas prendre pour moi !

– Mais... »

Joe prit le temps de tendre le bras à travers les barreaux de la lucarne : les amis se serrèrent la main.

« Pars maintenant ! Je ne t'oublierai pas. Nous nous reverrons, c'est sûr. Nous nous reverrons ! »

Et Joe disparut.

Harold retomba sur la terre battue.

« J'espère que nous nous reverrons... »

Chapitre 8

Où le lecteur entend parler des cadeaux de la petite Lucie

Le lendemain, avant l'aube.

« Nous avons cinq ou six jours de trajet, dit Donald Spade à Harold qui s'inquiétait d'un départ si matinal, peut-être douze pour moi, je ne veux pas perdre une seule minute pour revenir ! C'est déjà assez... enfin bon ! »

Harold avait entendu Spade peu avant se faire vertement houspiller par Miss Parrott alors qu'il se plaignait qu'elle ne lui comptait pas assez d'argent pour subvenir décemment au voyage. L'entretien houleux s'acheva par un « Taisez-vous, grosse bête » de Miss Parrott et le pauvre Spade reçut trois coups de canne sur le crâne en guise de complément budgétaire.

Donald tenait Harold avec une corde. Ils prirent l'omnibus pour Preston, puis un train postal pour Ashton. C'est là que, du wagon, Harold découvrit pour la première fois des moulins à vent et aperçut autre chose que l'horizon étroit et sombre de la ville. Il était triste de partir, mais aussi curieux de ce qu'il allait découvrir dans ce nouveau monde.

À Mount-Terrace, Spade et lui cherchèrent une voiture et un cocher ; il n'y avait pas de rails pour monter vers le coin perdu d'Écosse qui les occupait. Cette longue partie du voyage se déroula sans événement particulier : le jour, secoués par les roues sur les routes de campagne, ou marchant pendant les montées trop aiguës pour le vieux cheval ; le soir, dormant dans de sordides auberges, Spade liant son « paquet » de Harold Gui à la colonne d'un lit ou à un meuble pendant qu'il allait manger en paix dans la salle commune.

Au quatrième jour, un voyageur vint se joindre au garçon et à son « dogue ». C'était une petite fille de quatorze ans du nom de Lucie, toute vêtue de noir. Elle dit qu'elle était stupéfaite de trouver enfin une voiture, elle s'était perdue et désespérait de regagner son chemin avant la nuit. C'était un véritable miracle.

À l'observer toute menue sur sa chaise, Harold se dit qu'elle était très belle. Elle ne parlait pas beaucoup. Elle aurait même pu quitter ses compagnons sans leur avoir dit autre chose que ses quelques mots d'arrivée, si Harold ne lui avait posé une question peu avant leur séparation à Notting Squad : Lucie priait et lisait beaucoup. Elle avait avec elle un petit exemplaire de Psaumes tout à fait remarquable ; Harold n'en avait jamais vu de semblable. Chaque première lettre en début de Psaume occupait presque une page entière tant elle était décorée, entourée, festonnée, garnie, colorée... Ces magnifiques images semblaient d'or et de pierres précieuses.

« Cela se faisait souvent autrefois, dit Lucie qui voyait la curiosité de Harold. Les lettres capitales étaient toujours ornées de la sorte.

– Comment cela s'appelle-t-il ?

– Ce sont des “ cadeaux ”.

– Des cadeaux ? »

Harold n'avait jamais entendu prononcer ce mot.

« Vous connaissez cela, des cadeaux, vous, Monsieur Spade ? »

Le gros haussa les épaules. Lui non plus ne connaissait pas le terme.

Harold regarda encore ces petites images lumineuses. Il leur trouva une gaieté particulière, une joyeuseté colorée qui rendait tout de suite heureux.

« C'est bien beau », dit-il.

Avant de disparaître, Lucie découpa une page et la tendit au garçon.

« Tiens, je t'offre ce cadeau. C'est un des plus beaux du livre.

– Oh non, mademoiselle, je ne peux pas accepter.

– Si tu le peux. Sinon tu me froisserais. Au revoir, Harold. Et que la chance t'accompagne. »

Et la jeune Lucie descendit en rase campagne pour rejoindre un village dans la colline où vivait sa vieille marraine malade, son dernier parent.

Harold resta avec son cadeau qu'il serra contre son cœur.

Donald Spade ne cessait de râler. Le lendemain, lorsqu'ils atteignirent enfin la frontière du pays d'Écosse, Harold pensa au Falou qui disait tant aimer cette région de légendes, de contes et de fantômes. Là, plus une cheminée, plus de fumée noire de coke, mais des landes interminables et une brume claire et fine, translucide. « Tous les êtres surnaturels nous ont quittés, disait Le Falou d'après son *Laïus*, mais il est des endroits sur terre si imprégnés encore de leur passage qu'on peut se demander s'ils ne sont pas toujours là ! L'Écosse fait partie de ces terres. »

Il n'échappait pas au garçon que tout, autour d'eux, devenait désert. Plus de village, plus de maison. La ferme du frère de Miss Parrott était dans un coin parfaitement coupé du reste du monde. Personne. Rien.

« Vous êtes déjà venu ici ? demanda Harold à Spade.

– Trop de fois », répondit l'homme avec un geste affligé.

Au soir, ils arrivèrent enfin à la ferme Quincybridge Lan de Douglas Parrott.

En descendant de la voiture, Harold eut presque un arrêt au cœur : il vit Miss Parrott apparaître devant lui !

« Bonjour Douglas », lui dit Spade.

C'était le frère.

Miss Parrott et lui étaient jumeaux !

« Seigneur Jésus ! »

L'idée de ne pouvoir à l'avenir échapper à cette tête rébarbative fit frissonner le pauvre Harold.

Et comme avait si bien dit Joe : le lien de parenté augurait mal du bonhomme...

Deuxième partie

Chapitre 1

Où l'on traite des impressions premières de Harold Gui à la ferme de Maître et de Mâme Parrott

Après avoir échangé les civilités d'usage (et entre un fermier qui acceptait mal son statut de paysan et un urbain de Cokecuttle qui se prenait – par comparaison – pour un ponte de la City, cela dura un moment), Donald Spade et Douglas Parrott entrèrent dans la cuisine de la ferme, accompagnés du garçon à qui pas un n'avait adressé un mot ni un regard.

La pièce était rustique mais propre. Des gibiers plumeux pendaient à des crochets, deux gros chaudrons laissaient entendre (et sentir) qu'on cuisait par ici force trognons de chou, un chiffonnier fermait mal, une table grasse servait de comptoir ; c'est là que s'installèrent les deux hommes. Harold demeura silencieux dans un coin.

« Vous prendrez bien un verre de porto ? dit Parrott. Ne craignez rien, pour vous je l'ai fait monter du meilleur coin de ma cave. »

Spade porta le verre à ses lèvres pincées. Son absence de commentaire inquiéta Parrott quant à la valeur de sa cave.

« Quelles nouvelles de Cokecuttle ? demanda-t-il.

– Elle s'étend et elle gagne en coût. Le commerce est fructueux. Nous sommes satisfaits. »

Spade avait répondu comme si la ville entière eût été sa propriété. Parrott l'écouta, souriant, visiblement ravi de se retrouver en contact avec un homme au fait de ce qui se déroulait dans une grande agglomération du pays. Ébahissement identique à celui d'une bourgeoise de Cokecuttle devant une lady de Londres. Harold comprit, à travers quelques marmonnements de Douglas Parrott, que ce dernier avait été envoyé ici par sa tendre sœur pour fonder une ferme de redressement et qu'il n'avait plus depuis quinze ans le luxe de revenir dans la « fastueuse cité » de Cokecuttle.

« Comment se porte Miss Charity Parrott, ma sœur ? »

Là, Spade lui accorda une moue qui disait « vous savez ce que c'est ! ».

« Et pourtant vous seriez surpris, ajouta-t-il en estimant la couleur du porto de son hôte dans la lueur d'une bougie. J'ai dû mettre bon ordre à certaines choses. J'ai su montrer ma valeur et mon autorité, et croyez-m'en, Douglas, le pouvoir a changé de main !

– Allons vraiment ?

– Miss Parrott était trop désireuse de ranger sous sa domination toutes les choses de l'univers et de l'orphelinat. J'y ai mis un terme. C'est une femme après tout. Désormais je donne mon avis, je m'oppose à elle, je lui inflige ma volonté. En un mot, j'ose lui dire son fait et elle m'obéit.

– Allons vraiment ? répéta Douglas Parrott sans y croire.

– Vraiment ! C'en est fini de ses sautes d'humeur, c'en est fini de ses caprices, de sa tyrannie, c'en est fini de m'envoyer de gauche et de droite sans attendre mon sentiment, c'en est fini, dis-je, elle ne commet plus un acte sans mon aval. »

Là-dessus, il termina son verre de porto et le reporta sur la table d'un coup franc, montrant que pour cela aussi c'en était fini et que lorsque Donald Spade achevait quelque chose, il l'achevait bien !

Douglas Parrott arqua ses sourcils et ne commenta pas. Il remplit de nouveau le verre de son invité et lui présenta une assiette de fromages en complément.

« Vous resterez bien quelques jours parmi nous ?

– Rester ? Êtes-vous fou ? Que voulez-vous diable que je fasse dans un coin pareil ? Non, je repars dès l'aube. »

Le fermier baissa la tête, laissant entendre qu'il ne le comprenait que trop et qu'il partirait avec lui s'il le pouvait. En s'élevant, ses yeux tombèrent sur la silhouette timide de Harold Gui.

« Eh bien ? Et celui-là ?

– Oh ! attention à lui, toutes les précautions sont à prendre avec ce garnement, bondit Spade. Il est pire que les précédents. C'est un choléra ! »

Harold se reconnut assez mal dans cette présentation sommaire, mais il reconnut bel et bien le regard en dessous et menaçant propre aux jumeaux Parrott dès qu'on leur parlait d'un enfant à dresser.

« Allons vraiment ?

– C'est un falsificateur, un voleur et un assassin.

– Qu'importe, on saura le mettre au pas ; à votre prochain passage, vous ne le reconnaîtrez plus tant il se sera plié à la gentillesse et la docilité d'un petit enfant d'ici ! J'en fais mon affaire.

– Le Comité du Lord-maire devait l'expédier sur l'île de Norfolk ; mais votre sœur a su, au dernier moment, changer sa décision et le faire envoyer ici. Il est condamné à travailler pour rembourser la somme de vingt guinées extorquée à la ville. Vous savez ce que cela veut dire ? Vingt guinées !

– Bien sûr. Je comprends. »

Les deux hommes eurent un sourire entendu. Un échange de papiers et de billets de banque explicita pour Harold la raison de l'existence de cette ferme de redressement perdue dans les landes d'Écosse : Miss Parrott faisait envoyer ici tous ses sujets récalcitrants, loin des pouvoirs du Comité de l'Assistance publique de Cokecuttle, afin de les « mater » en toute tranquillité et par ses propres méthodes ; de la même façon, elle partageait sans vergogne les aides octroyées par le Comité avec son frère Douglas. L'orphelinat et la ferme étaient une affaire de famille qui payait bien.

« Que sait-il faire, ce falsificateur, ce voleur et cet assassin, hormis tromper, voler et tuer ? Hein, que sais-tu faire, mauvaise chose ? »

Harold s'approcha, les joues en feu, humilié.

« Je sais un peu lire et écrire, monsieur, s'il vous plaît.

– Bah ! Lire et écrire ? À quoi cela peut-il servir dans une ferme d'Écosse ! ? Y as-tu songé, gredin ?

– J'y ai songé, Monsieur Parrott. Mais...

– Non, *Maître* Parrott. Je suis *Maître* Parrott désormais, entends-tu ?

– J'entends, *Maître* Parrott. Je disais, avec votre permission, que je savais un peu faire le ramonage des cheminées et que...

– Ramoner ? » Parrott se gratta le crâne d'un doigt et regarda Spade. « Voilà qui représente une valeur marchande. Maigre, mais marchande. Nous verrons. De toute façon, il apprendra vite ce qu'il y a à faire ici, il ne faut pas beaucoup de tête, allez ! Des bras et des jambes, c'est tout ce dont j'ai besoin. Cher Donald, vous remercierez bien ma sœur de me faire parvenir un nouveau pensionnaire à l'approche de l'hiver. Vous savez que j'ai toujours du malheur... enfin, que Dieu décide trop souvent de rappeler à lui certains de mes orphelins au cours des mois difficiles de l'année. J'ai alors un cruel besoin de remplaçants.

– Hé ? Vous pouvez tout aussi bien me remercier *moi*, Douglas, j'y ai songé, figurez-vous.

– Allons vraiment ?

– Vraiment ! »

Pendant ces paroles, où Donald Spade se servit un troisième verre de porto et attaqua avec sévérité les fromages de son hôte, une porte de la cuisine s'était ouverte sur une femme, petite, ronde, mais...

« Ah ! mon épouse. Mâme Parrott ! »

... Harold se demanda si la nature n'avait pas résolu de lui jouer un mauvais tour ou de lui faire perdre sérieusement tout espoir de consolation : par un truchement difficile à saisir, la femme du frère jumeau de Miss Parrott avait elle aussi un air de famille irrévocable avec ces deux-là, et voilà qu'il fallait l'appeler maintenant *Mâme Parrott* !

Ce dernier accablement, Job lui-même ne l'aurait point soutenu.

« Mâme Parrott va conduire le garnement dans la baraque des enfants. Demain, vaurien, je ferai avec toi le *tour du propriétaire*. D'ici là, pas de vague avec les autres ou je te fais croupir tout nu en haut d'un arbre dans la forêt ! Compris ?

– Oh oui, Maître Parrott.

– Allons, viens-t'en, mon petit », grogna Mâme Parrott, visiblement hors d'elle-même d'avoir à ressortir en pleine nuit pour guider un malotru sans parent. Elle avait dit « mon petit » comme on dit « mon clou dans le pied » ou « ma fièvre bubonique ».

« Au revoir, Monsieur Spade », dit gentiment Harold avant qu'ils se séparent.

Mais celui-ci lui tournait le dos et ne fit pas un mouvement pour saluer l'enfant qu'il avait côtoyé pendant plus de sept ans. Harold l'entendit seulement se plaindre avant que la porte ne se referme :

« Dites-moi, Douglas, est-ce normal ces trois gros vers qui grouillent en paix dans votre fromage ?

– Ma foi, par ici, vous savez, on se fait à tout. La ville est loin, excusez-moi. La ville est bien loin... »

Harold Gui était forcé de lui donner raison ; il n'était plus à Cokecuttle. Il traversa une basse-cour, à la suite d'une Mâme Parrott tenant sa lanterne à bout de bras si bien qu'elle faisait une gigantesque ombre néfaste sur le sol. Harold sentit le froid et l'humidité. Un parfum vif, assez doux, lui emplit les poumons ; la poussière et le goût âcre du charbon n'existaient plus. La nuit scintillait, mais sans lune. Jamais Harold n'avait si précisément lu les constellations dans le ciel ni repéré avec autant d'évidence le dessin de la Voie Lactée. Tout autour de lui, il sentait la présence massive d'une forêt, écoutait le sifflement des hautes branches dans le vent. Un hibou se fit remarquer au loin, et quelque part, un gond de porte en fer grinçait avec des sanglots de petit enfant. Mais Harold sursauta ; il sentit deux gros museaux froids se coller sous ses bras. Deux chiens. Il ne les avait vus ni entendus arriver. Deux molosses presque aussi hauts que lui.

« McChalhane, McClark, déguerpissez ! » gronda Mâme Parrott sans se retourner.

Les deux bêtes repartirent dans la nuit. Harold eut du mal à avaler sa salive. Tout cela ne lui disait rien qui vaille...

Plus loin, en pleine obscurité, il entendit des murmures. Des petites voix sur sa droite, loin ou proches, il ne pouvait décider.

« C'est lui !

– Oui, c'est lui. Regardez-le.

– Vous êtes sûrs ?

– C'est lui. Je le reconnais. »

« Me reconnaître ? » Qui pouvait reconnaître Harold *ici* ?

Les voix se turent.

Il n'avait vu personne.

Une grande ombre de charpente se dessinait devant lui, large, avec un toit très aigu.

« C'est ici », dit Mâme Parrott.

Ici, c'était une grange, ou une étable, ou une écurie, enfin un lieu qui empestait la bête de ferme comme nulle part ailleurs. La femme poussa une porte et conduisit le garçon à l'étage en haut d'une échelle. Harold n'était pas encore au fait des bruits et des relents de la gent animale pour reconnaître sous ses pieds une trentaine de moutons, trois vaches, et deux cochons. C'était pourtant au-dessus de cette ménagerie qu'il allait désormais dormir en compagnie d'une bonne vingtaine d'autres enfants (selon l'estimation rapide qu'il en fit grâce à la lumière de Mâme Parrott). L'air d'ici était tiède, ce qui permettait d'économiser sur la couverture d'hiver des pensionnaires. Harold observa un petit poêle au milieu de la salle qui conservait quelques tisons rougeoyants. Tous les lits étaient collés les uns aux autres, en cercle rapproché autour du poêle. Tous sauf un.

« Tu es là, dit la femme en lui désignant le petit lit de paille ostensiblement mis à l'écart. Tu t'arrangeras plus tard avec les autres pour trouver une meilleure place. Si tu le peux. »

Harold était loin de vouloir protester.

« Cela ira, Mâme Parrott.

– Pas trop haut, la voix ! Tu vois bien comme ils dorment, ces chers vauriens. Si j'étais toi, j'attendrais demain matin avant de m'y frotter. Il sera toujours trop tôt.

– Je ferai comme vous dites, madame, en vous remerciant. »

Mâme Parrott haussa les épaules.

« Ne t'en va pas souiller ma paille pendant la nuit. Elle doit te faire l'hiver, ne l'oublie pas. Si tu as besoin, tu l'as remarqué, il y a une guérite pour ces choses au fond de la cour à main droite d'ici.

– Encore merci, Mâme Parrott. »

Harold n'avait rien distingué qui ressemblât à une guérite, mais il fit comme si. Il s'allongea vite pour ne pas impatienter la belle-sœur de son ancien tyran. Celle-ci fit un signe satisfait de la tête, regarda autour d'elle – tous les enfants dormaient profondément, comme des anges – puis elle disparut dans la trappe de l'échelle. Jamais Harold n'avait suivi une lueur de lanterne avec autant d'appréhension. Il la regarda aussi longtemps qu'il le put, et écouta même le clop clop des sabots de Mâme Parrott se perdre au-dehors de la grange. La nuit l'enveloppa tout entier.

Il n'avait pas défait ses habits. Il se tenait allongé, droit sur le matelas de paille ; la couverture non dépliée. À plusieurs reprises il releva la tête, hissant le cou, sans faire de bruit de peur d'être repéré. Ses yeux s'habituaient à l'obscurité, mais il n'y avait rien à distinguer. Seulement les bruits et quelques mouvements brusques parmi les bêtes au niveau inférieur.

Harold, loin de pouvoir trouver le sommeil, se dit que sa situation ne pouvait être pire qu'à l'orphelinat de Miss Parrott à Cokecuttle ; ici, il ne faisait pas trop froid, le lit était nettement plus confortable et il n'était pas seul.

Il pensait justement à cela lorsque des craquements se firent entendre tout près de sa couche. L'enfant se raidit et retint son souffle. Quelque chose ou quelqu'un s'avançait...

Ce qu'il vit en premier fut une étincelle ; puis un grand éclat de lumière. Puis une noix.

Oui. Une noix. C'était la bougie la plus rudimentaire qu'il ait jamais rencontrée, y compris parmi les vagabonds de Cokecuttle : une coquille de noix avait été vidée et remplie d'une huile sommaire avec un morceau de ficelle en guise de mèche. D'abord, l'éclat blond l'aveugla, puis des contours apparurent autour de la flamme tenue par une main d'enfant.

Cinq visages. Ils s'étaient approchés de lui dans le reflet de la bougie, le reste du corps caché par la nuit, comme des têtes coupées ou des figures de fantômes. De grands yeux plongeaient dans sa direction et l'auscultaient en tous points. C'étaient des gamins de la chambrée, ils avaient entre neuf et quinze ans ; de sales têtes, les sourcils froncés, la peau sale, un air méchant et hébété. Harold ne savait quoi faire.

« C'est quoi ton nom ?

– Tu as quel âge ?

– D'où viens-tu ?

– Pourquoi as-tu été envoyé ici ? »

Les questions fusèrent. Harold y répondait vivement mais à voix basse. Les cinq têtes sourirent.

« Il est encore bien en chair.

– Cela ne durera pas. »

La remarque avait été faite par le plus âgé des cinq. Il avait un léger duvet au-dessus de la lèvre supérieure, ce qui faisait sans nul doute de lui le chef de la bande.

« Nous avons tous été envoyés ici pour avoir commis quelques délits dans le Lancashire. Sache que les nouveaux ont à répondre à deux autorités en ce qui regarde leur pénitence dans la ferme : les Parrott et *nous*.

– Demain, tu vas rincer les auges à ma place !

– Tu iras cercler un seau pour moi.

– Tout ce que Parrott me donnera à faire, tu en accompliras la moitié.

– Tu feras cela ou nous te ferons regretter d'être allé si loin dans le pays et de t'être fait pincer au préalable.

– Compris ?

– Un seul acte de rébellion et tu peux dire adieu à ta part de repas, à ton sommeil, à ta santé.

– Ici, nous avons brisé les tempéraments les plus coriaces, souviens-t'en. »

Un long silence suivit.

« Je m'en souviendrai », dit Harold timidement.

Là-dessus, satisfaits de leur prestation, les cinq visages refluèrent et disparurent dans la nuit comme des spectres. On souffla la bougie de noix.

Harold était pétrifié. Il révisa aussitôt son jugement sur l'endroit : les enfants qu'il allait désormais côtoyer étaient des renégats punis, beaucoup plus infréquentables que ceux de l'orphelinat de Miss Parrott ; si certains devaient être innocents comme lui, d'autres faisaient sans doute honneur à leur réputation. En définitive, cet endroit pouvait tout à fait se montrer moitié moins supportable que l'orphelinat de Cokecuttle !

Lorsque au matin les bêtes de la grange se mirent à remuer et à crier, Harold ne savait s'il se réveillait ou s'il n'avait dormi qu'une minute...

Il entendit le cri d'un coq pour la première fois de sa vie. Tous les enfants se levèrent et vinrent tour à tour devant son lit pour le regarder. Harold avait l'impression d'être une bête curieuse. La plupart lui adressaient un regard sans expression, sans parole.

Notre ami identifia les cinq gredins de la nuit.

Il assista à la sortie des bêtes – grosse bousculade, assez effrayante – puis alla se rincer le visage au même abreuvoir où s'étaient précipités les moutons pour boire. Ensuite, il suivit le groupe jusqu'à une maison mitoyenne de celle des Parrott. Personne ne lui parlait. Le jour se faisait à peine sur la campagne, il ne voyait guère mieux les alentours qu'à son arrivée de nuit. Il repensa seulement au hibou, au grincement du gond de porte et à ces murmures dans l'ombre qui disaient que *c'était lui* et qu'on le *reconnaissait*...

*

La salle qui servait aux repas était vaste ; cinq longues tables avec des bancs. En plus des vingt occupants de la chambrée où il avait dormi, Harold compta une autre petite quinzaine d'enfants et... beaucoup d'adultes. C'était que Maître Parrott et sa femme employaient judicieusement les subsides du Comité de Cokecuttle pour nourrir leurs familles et les voisins ou amis importants. Ces derniers recevaient le gros de la chère alors que les enfants se contentaient de maigres rations toujours abondamment coupées d'eau. L'argent du Bureau de Bienfaisance du Lord-maire Cuttle faisait vivre toute la région.

Maître Parrott et sa femme entrèrent dans la pièce. Les enfants firent silence. L'homme passa un regard sur l'assemblée et fixa Harold. Il s'avança pour l'attraper par le col.

Notre ami se serait bien passé de ce qui allait suivre.

Chapitre 2

Où l'on traite du premier jour de Harold Gui à la ferme et des répercussions de celui-ci

Maître Parrott fit monter Harold sur un strapontin et entreprit de le présenter à ses congénères. Les formules employées, on s'en doute, n'étaient pas d'un choix très galant.

« Regardez ce voyou, vous autres ! aboya Parrott. Ce sera mon chef-d'œuvre, ma couronne aux sept perles, mon abbaye de Westminster à moi ! Aussi tordu et vicieux soit-il, je vais le redresser mieux que je ne le ferais avec une tour de Pise (Mâme Parrott hocha la tête, signifiant qu'elle connaissait elle aussi cette prouesse architecturale de la Renaissance – ce qu'aucun autre ne savait dans la salle, en dépit de la fréquence avec laquelle le fermier Parrott utilisait cette image pour illustrer son œuvre dans la vie). Harold Gui est le pire d'entre vous, mais il deviendra un exemple, un fleuron. Apprenez que cet asticot a échappé de peu à la colonie pénitentiaire de Norfolk (*oh !* fit l'assistance des enfants et des adultes), c'est un dissimulateur (*oooh!!*), un voleur (*ooooooh!!!*) et un ASSASSIN!! (là, silence ébahi, partout. Non, on ne s'attendait pas à tant). Comme vous dites. Et pourtant je briserai ce monstre, j'en ferai un petit digne de ce nom et du Dieu qui nous a créés sur cette terre pour une raison qui le regarde seul; je vous le dis, ce vaurien sera mon plus notable achèvement (alors un *Ah*! de soulagement saisit l'assistance). Maintenant mangeons. »

Harold retourna à sa place, plus honteux et confus que jamais. Pouvait-il seulement protester lui qui n'avait ni dissimulé, ni volé, ni tué? C'en était fait de son honneur. Il était jeté en pâture à la foule comme un enfant-monstre des cirques ambulants. Tête baissée, il s'assit sur un banc sous le regard des autres enfants. Évidemment celui-ci avait *changé*, mais pas dans le sens redouté par Harold : plus d'un le regardait avec un air admiratif mêlé de crainte... Un « assassin », avait dit Maître Parrott? Mais personne ici – lieu pourtant riche en voyous et en malappris –, personne ne pouvait se prévaloir d'un tel passé! Un assassin? Avec ce seul mot, Harold devint une sorte de héros, un enfant hors norme, un brave, un intrépide; même les cinq gredins qui avaient tâché de le mettre au pas la nuit dernière lui firent un sourire complaisant. Harold Gui était à mille lieues de s'imaginer que sa réputation usurpée de tueur était, en fait, la première *bonne chose* qui lui soit arrivée depuis longtemps... C'était surprenant de voir comment certaines cruautés tournaient en bien.

Maître Parrott le retrouva à la sortie du petit déjeuner.

« Suis-moi. »

Comme convenu, il lui fit faire ce qu'il appelait lui-même le « tour du propriétaire ».

Le soleil s'était levé : Harold observa les environs. La ferme était sise au milieu de nulle part, entre une grosse forêt à l'ouest et des montagnes rousses au nord. Le reste était constitué de longues langues de terre, de prés austères parcourus de cours d'eau et bordés au sud par un vaste lac brumeux. Pas d'habitation en vue. Il voyait aussi une baraque au loin qui se révéla être un moulin à eau. C'est vers lui que Maître Parrott le conduisit en premier. Pendant le trajet, il expliqua à l'enfant le mode opératoire de sa ferme en termes de... *rémunération*. En termes d'*argent !*

« Mon tout petit, tu dois beaucoup à la collectivité de Cokecuttle. Tu l'as volée, tu es envoyé ici pour réparer ce honteux dommage, le réparer par ton travail.

– Oui, monsieur.

– *Maître*. Maître Parrott, crénom !

– Pardon. Oui, Maître Parrott.

– C'est mieux. Chez moi, tout est simple : chaque journée de labeur rapporte deux pence à l'enfant. J'aime me montrer généreux. Deux pence. Mais attention ! Cette somme s'applique seulement s'il n'y a aucun retard dans l'exécution ni malfaçon ; chacun d'entre vous est surveillé avec soin et chaque erreur entraîne des pénalités. Ces pénalités sont converties en pence elles aussi ; et cela peut monter très haut ! Aussi ai-je des enfants qui se sont trouvés me devoir plus d'argent qu'ils n'en devaient rembourser à leur arrivée ici. Alors, gare !

– Avec votre permission, Maître Parrott, si nous faisons correctement notre travail, comment sommes-nous payés par vous ?

– Comment ça comment ?

– Je veux dire, s'il vous plaît, quand touchons-nous nos deux pence la journée ?

– Oh là, petit, tu t'aventures sur un terrain qui n'est pas de ton âge ! Mais tu as le droit à une réponse, aussi la voici : sache que j'ai fondé ici, en plus de cette ferme modèle de redressement complimentée dans tout le pays, une Banque des Enfants.

– Une Banque des Enfants ?

– Comme tu le dis. Une banque. Comme pour les grands. J'aime me montrer novateur. C'est dans cette banque que je place à bon taux les salaires de tous mes petits enfants. Ainsi leur pécule s'accroît-il selon les excellentes règles qui régissent notre économie. Voilà. Judicieux, non ?

– Mais où est cette banque ? Qui la détient ?

– La banque est là (il montra une fenêtre de sa maison) et c'est Mâme Parrott qui se charge de tout. »

Judicieux, en effet.

« Chaque enfant touche son dû au sortir de la ferme. Son dû, moins les pénalités. »

Harold se savait très ignorant en ce qui regardait *les excellentes règles qui régissaient notre économie*, aussi ne trouva-t-il rien de mieux à répondre que : « Bien. »

Ils arrivèrent au moulin à eau. Maître Parrott expliqua que cet instrument était sa plus précieuse richesse, il servait à tout, autant à moudre les céréales qu'à fouler des draps ou à toute opération nécessitant une force importante et constante.

« Mais il a de l'âge et réclame beaucoup d'entretien. »

Presque chaque jour une pale se bloquait ou un joint de bois poreux lâchait. Avec le froid venaient le gel et les plaques de glace qui grippaient la machine, il fallait contrôler le niveau de l'eau, nettoyer la meule, et cetera. Les enfants démontaient des pales dans l'eau froide, raclaient le fond de la cuve avec la roue retenue seulement par un bout de bois (venait-il à se briser, ils étaient aplatis comme un grain de son). L'hiver précédent, un garçon eut la main coincée dans la roue, il accomplit trois rotations complètes avant d'être sauvé *in extremis* de la noyade. Mais il perdit l'usage de son bras.

Maître Parrott conduisit Harold vers les champs cultivés.

« Ici, ce n'est pas comme dans les industries des villes, tu sais, lui dit-il, on ne s'abrutit pas à accomplir une seule et même tâche tout au long du jour, et tout au long de l'année ! »

Harold trouva que cet avertissement commençait bien, mais il s'acheva mal :

« Ici, on doit *tout* savoir faire. Parce qu'on fait *tout* ! »

Et Parrott d'ouvrir devant le garçon une cabane à l'entrée du chemin de terre qui desservait les parcelles à cultiver au printemps. Harold vit derrière la porte un long bâton flexible, un tambour et une quantité surprenante de vieux vêtements rafistolés et très colorés. Maître Parrott ayant remis en cause l'efficacité des épouvantails de bois traditionnels, il opta de les remplacer par des épouvantails de chair, bien vivants et bien courants. Au printemps les enfants devaient revêtir le costume clinquant, prendre le bâton et le tambour, et, tout le jour durant, s'en aller chasser avec force cris et force courses tous les volatiles qui auraient la fâcheuse idée de se poser sur les terres de Maître Parrott.

Des journées entières se passaient à heurter du tambour et à faire de grands gestes d'un bout à l'autre des champs. Le bâton flexible avait aussi son importance. L'enfant malencontreusement endormi pouvait être réveillé par les coups de bec de corbeaux qui s'en prenaient à son crâne. Les cris et le tambour ne les effarouchaient pas assez : il fallait user du bâton pour ne pas finir avec un œil en moins...

« Viens par là », lui dit ensuite Maître Parrott en poursuivant la visite de la ferme.

Ils arrivèrent dans les enclos et les cloaques des animaux. Il fallait traire, abreuver, tondre, laver, sortir et rentrer les troupeaux, nourrir la basse-cour, mettre bas une génisse.

Maître Parrott évoqua aussi la chasse et la pêche. Ces deux activités étaient les plus détestées par les enfants parce que les plus ennuyeuses, et chacun sait que l'ennui est pour un enfant un supplice supérieur à tout autre, même la fatigue ou la douleur. La chasse se faisait avec des collets, la pêche avec une barque qui prenait l'eau.

Telle était l'existence des enfants à la ferme de redressement des Parrott. Tout cela pour deux pence la journée, les pénalités de retard et de malfaçon en moins.

À ces activités s'ajoutaient de menus travaux de menuiserie, charpenterie, portage d'eau, ferrage de cheval, et cetera. Mais Harold Gui avait un surplus particulier, rien que pour lui : il avait avoué savoir ramoner, eh bien, il ramona toutes les maisons des amis et voisins importants des Parrott.

C'est ainsi que l'hiver arriva au 21 décembre, après beaucoup de travaux pénibles, mais peu de brimades de la part des autres enfants. Comme nous l'avons déjà mentionné dans ce chapitre, la présentation sur le strapontin d'Harold par un Maître Parrott prêt à redresser la tour de Pise eut l'effet inverse que prévu ; le soir même, le lit de paille du nouveau venu avait été replacé en bonne position, tout près du poêle, on n'avait que de doux égards pour ce bonhomme qui se révélait en fait plus cruel et sanguinaire qu'un Tartare. Mais Harold sut se faire apprécier de ses compagnons d'infortune par d'autres moyens que sa gloire d'assassin : Le Falou lui avait expliqué qu'un homme qui avait de la mémoire et connaissait beaucoup d'histoires à raconter était riche de biens inestimables, et qu'il pourrait toujours amadouer les cœurs plus durs : c'est bien ce qui se passa ici. Presque chaque soir, Harold prit le rôle de son vieil ami et se mit à conter des légendes et des aventures à ses voisins de lit : Ulysse et le Cyclope, Salomon et la Reine de Saba, Robin des Bois, Arthur et le Graal, Daniel et les Lions, les Hommes illustres de Plutarque. Il parla aussi de la fabrique de jouets de Cokecuttle dont il connaissait tous les secrets. Parfois, en évoquant une boîte à musique, un train en bois ou une maison de poupée, ses voisins de chambrée criaient à l'imposture et ne voulaient pas admettre que de telles choses existent vraiment pour les enfants. Harold dut trouver de quoi dessiner les prototypes de jouet dont il parlait : ces moments-là étaient les plus chaleureux et les plus enjoués de cette époque, tous les gamins étaient rassemblés autour de lui et commentaient l'apparition du jouet sur le papier : c'étaient d'interminables discussions et débats pour savoir si la chose était correctement faite, si tel pantin ne devrait pas plutôt savoir plier le cou que les talons, si telle boîte de cubes en bois ne serait pas mieux avec des animaux sur les facettes plutôt que des nombres et des lettres ! Et ainsi de suite, des nuits durant. Après les journées terribles, la mauvaiseté des Parrott, la fatigue, vous imaginez aisément l'excitation et la joliesse de ces instants entre enfants. Je dis bien *entre enfants*. Il faut noter que les plus coriaces d'entre eux (rappelez-vous le caïd de quinze ans avec son duvet de moustache) baissèrent la garde aussitôt que des matières « enfantines » leur furent de nouveau proposées ; l'enfance jusque-là étouffée en eux par le mauvais sort resurgit dans toute sa fraîcheur. Harold constata cela avec plaisir.

Ainsi allait la vie de Harold Gui à la ferme.

Puis vint Noël.

Chapitre 3

Où Harold Gui ignore encore qu'il passe son dernier Noël

En évoquant ici les célébrations de la Noël, il est indispensable que le lecteur mette tout de suite de côté ce qu'il croit savoir de ces fêtes, ce qu'il en a vu, ce qu'il en a retenu, enfant ou adulte. Noël n'a pas toujours été ce grand moment de la famille, de bonté et de candeur retrouvée que nous connaissons tous, il ne l'est même que depuis très peu de générations. En tout cas, ce soir n'était pas un moment de réjouissances, mais de *peurs* dans la ferme rustique des Parrott au fin fond de l'Écosse. Oui, de craintes véritables, irraisonnées, physiques. Le soir de la veille de Noël était frappé du sceau de la Superstition : il se disait partout que les esprits des morts revenaient visiter leur descendance à cette occasion, que des fantômes vengeurs continuaient de troubler les enfants des enfants de leurs anciens ennemis. Chaque Noël, avant que la famille ne parte à l'église pour la messe de la Nativité, un homme restait de guet devant la porte d'entrée du logis pour le défendre contre les intelligences surnaturelles et les empêcher de profiter des lieux. Dans la région des Parrott, vers la mer, il était cru *mordicus* que les pierres des dolmens se levaient et descendaient boire au rivage. Tout cela était terrifiant. En résumé, rien de rien du Noël du lecteur d'aujourd'hui. Ce dernier n'y reconnaîtrait pas un détail, pas un artifice de ses fêtes, hormis peut-être la célèbre bûche ; encore que celle-ci ne fût pas le moins du monde comestible. La bûche de Noël était un symbole qui se reportait au soir où naquit Jésus. Le petit n'avait pour se chauffer dans l'étable que le souffle chaud de quelques animaux et une bûche qu'on avait gardée précieusement pour le moment de sa venue. En souvenir de cela, à chaque Noël, on brûlait une bûche seule dans l'âtre. Avec le temps, ce simple morceau de bois prit un caractère magique : il fallait le choisir un an à l'avance, et toute l'année, il devait reposer à l'écart, à l'abri des intempéries. Le soir de Noël, avant de l'enflammer, l'on posait ses mains dessus et l'on mentionnait en silence ses vœux les plus chers pour l'année à venir ; le lendemain, la bûche entièrement consumée, on récupérait ses cendres qu'on disposait dans des petits sacs à garder sur soi ; c'était l'assurance que les vœux exprimés ne seraient pas oubliés par *ceux* qui pouvaient influer sur les hasards et les coïncidences de la vie...

Harold Gui trouva cette superstition très belle. Mais les grandes personnes en avaient écarté les enfants sous prétexte qu'ils ne pouvaient formuler que des vœux puérils qui agaceraient *ceux* mentionnés plus haut et compromettraient les espoirs des adultes.

Harold se dit que les enfants devraient avoir une bûche pour eux seuls.

Dans cette fête de Noël, on célébrait la naissance d'un enfant et rien ne touchait vraiment à l'enfance : la soirée se déroulait barricadés chez soi, puis venait la messe de minuit, enfin le retour à la maison pour le banquet de fête. À la ferme des Parrott, ce dernier avait été préparé et était servi par les enfants eux-mêmes ! Ces petits n'étaient plus que des instruments, des employés à peine plus visibles qu'un meuble qui serait là depuis toujours. Quoi qu'ils fassent, jamais un mot, jamais un remerciement. L'ingratitude était la règle. Un plus jeune que Harold définit un jour parfaitement leur situation à tous : « Nous sommes transparents. » Transparents. Il avait vu juste.

Lorsque dans l'assistance à la ferme, au cours de ce premier soir de Noël pour Harold en Écosse, une vieille paysanne – qui avait poussé sur la boisson et qui montrait soudain une face un peu plus triste et plus sensible que de coutume – rappela que dans sa lointaine jeunesse un certain saint Nicolas était passé par chez elle pour lui offrir le rapiéçage d'une de ses chaussettes, tout le monde partit d'exclamations outrées au sujet de ces vieilles sornettes. Mais la vieille insista et raconta comment saint Nicolas avait aussi déposé une pièce dans la chaussure d'une orpheline qui l'avait mise près du feu pour la sécher de la neige. Les enfants présents dans la salle pour le service du banquet écoutèrent avidement, oreilles grandes ouvertes, mais les adultes (eux aussi portés à ne plus compter leurs verres de bière) rabrouèrent davantage la vieille femme :

« Ce sont de vieilles histoires qui n'ont plus cours depuis des lustres !

– C'est imbécile comme légende. Pourquoi de l'argent à des enfants ? Est-ce que je vends mes pourceaux pour des choux à la crème ou des billes à jouer ?

– Et puis j'ai vu un jour une image de saint Nicolas. C'est un vieillard sur un âne. Expliquez-moi comment il pouvait apparaître partout dans la région, le même soir, en se déplaçant avec un pauvre baudet sans force ? C'est crétin.

– Et puis ses pièces, d'où venaient-elles ? Il avait une mine d'or ? Il en fabriquait comme les sorciers ? Depuis quand les saints de la religion du Christ ont-ils un capital à distribuer à des enfants ?

– S'il a des pouvoirs ou fait de l'alchimie, c'est très simple : ce n'est pas un saint. Point. C'est un démon. Il a bien fait de disparaître celui-là. »

Harold se dit que si le pauvre Nicolas avait frappé ce soir à la porte des Parrott, avec son âne et ses présents, il aurait été vertement reçu. Il repensa au *Laïus* du Falou, à ce fameux « exode » des esprits et des enchanteurs d'autrefois. Saint Nicolas avait sans doute lui aussi fui cet étrange monde où vivaient aujourd'hui les hommes.

Après le banquet, au moment de se coucher, Harold rêva une nouvelle fois à cette histoire du quatrième Roi Mage en quête du petit Jésus qui avait manqué le départ pour Bethléem et qui offrait depuis des présents aux enfants rencontrés sur sa route. Les réflexions des adultes sur saint Nicolas n'étaient pas si infondées : si le quatrième Roi Mage existait, comment faisait-il pour se déplacer, comment fabriquait-il ses jouets et ses présents, où vivait-il, comment vivait-il, qui était-il ?

Harold se souvint que l'an dernier, pour Noël, Le Falou lui avait gardé une surprise de taille : il lui offrit une orange. C'était la première de sa vie. Un concentré de soleil.

Dans la chambre au-dessus des bêtes, Harold regarda ses amis dormir autour de lui. Quelles oranges croqueraient-ils à Noël avant de devenir des adultes blasés comme ceux de ce soir ?...

Comme nous l'avons indiqué dans le titre de ce chapitre, il ignorait alors que ce Noël si triste, si différent de celui qu'il avait connu avec Le Falou, était encore bien plus éloigné de celui qu'il vivrait l'année suivante.

Harold ignorait aussi que s'il rêvait souvent de magie et de merveilleux, il était en passe de faire leur découverte, *pour de vrai*, seulement quelques jours plus tard.

Le 6 janvier.

Le fameux jour des Rois Mages.

Chapitre 4

Où les récits fabuleux du Falou prennent soudain une nouvelle résonance

Ce jour-là, les enfants de la chambre étaient regroupés autour du poêle au petit matin. Une douzaine de coquilles de noix converties en bougies éclairaient l'endroit et lui donnaient une atmosphère de fête. C'était une aube particulière. Dehors, le petit jour du 6 janvier commençait de se couvrir d'une épaisse couche de neige, la première de la saison. Un silence feutré avait envahi la campagne ; même les animaux du dessous s'étaient décidés à se taire.

Les petits faisaient un cercle, ils grimpaient les uns sur les autres pour ne rien manquer de ce qu'accomplissait l'un d'entre eux : il portait une assiette recouverte d'un torchon. Au-dessous, un gros gâteau de mie de pain recuite fut présenté aux enfants ; un gloussement de joie frémit dans la pièce.

Ils allaient « tirer les Rois » avec le gâteau et la célèbre fève. Cette cérémonie était la seule que la petite bande se permettait chaque année. Ils s'arrangeaient pour faire un gâteau de fortune (là de la mie de pain sec roulée en boule avec un peu d'eau et recuite) et utilisaient tous les ans la même fève dure comme un roc (qui brisa plus d'une dent de lait tant les petits, aussitôt servis, se ruaient sur leurs parts à pleines bouchées).

On découpa des tranches égales ; les participants étaient très anxieux que la lame du couteau de poche ne tombe sur la précieuse fève et ruine la surprise. Tout cela se faisait à l'abri des adultes, sans qu'ils en sachent rien. Il y avait un côté clandestin qui rendait l'instant plus excitant encore.

Chacun reçut sa part, le sourire aux lèvres, les yeux brillants, Harold comme les autres. Non que le Roi du jour ait grand-chose à gagner, il n'y avait ni présents ni rien de cet ordre, mais le jeu suffisait à la gaieté de tous.

C'était la première fois que Harold participait à une telle cérémonie et qu'il goûtait un gâteau des Rois, aussi, lorsqu'il sentit un éclat très dur entre ses dents, il ne s'en alarma pas, habitué qu'il était au pain noir et cassant du temps du pont du Hollowspring ; comme pour ce dernier, il le conserva en bouche en attendant patiemment qu'il se ramollisse pour pouvoir l'avaler. Entre-temps, tout le monde avait fini sa part de gâteau et pas de fève ! On se regarda consterné.

« Ce n'est pas possible, nous l'avions pourtant placée dans la mie ! dirent les deux enfants qui avaient fait les pâtissiers.

– Quelqu'un l'aurait avalée ? »

L'inquiétude se peignit sur les visages. Chacun pensa n'avoir pas assez mastiqué son morceau... et l'on n'avait pas d'autre fève, ni d'autre gâteau ! Consternation.

« Mais... » murmura Harold. Il plaça le morceau dur dans sa main droite. Il n'avait jamais vu de fève de sa vie. Ce fragment noir pouvait tout aussi bien être un caillou.

« Est-ce cela ? »

Le désarroi général se changea en « Hourras ! » et en félicitations.

Harold Gui était le nouveau Roi ! Tous étaient heureux de ce choix opéré par le hasard, car ils aimaient beaucoup Harold.

« Que dois-je faire à présent ? demanda le novice.

– Avant de recevoir ta couronne, tu dois te choisir un nom, un nom de Roi ! »

Tous les ans, c'était la partie la plus fameuse de la fête : les enfants se choisissaient des appellations humoristiques : Tyran des Parrott Ier, Plum-Cake IV, le roi Fuir-au-Loin dit le Rapide, le roi Mange-à-sa-faim dit le Gros, le roi Laissez-moi-dormir dit le Grand Allongé, le roi Quand-est-ce-que-l'on-s'en-sort dit le Mélancolique.

Harold ne dérogea pas à la règle. Au moment de se saisir de la petite couronne moitié papier, moitié carton, il proclama :

« Je serai... le Roi...

– Oui ?

– Je serai le roi... le roi Gare-à-toi-si-je-t'attrape-Parrott, dit...

– Dit ?... » Tout le monde était suspendu à ses lèvres. « Dit ? Allez vas-y Harold ! Dit quoi ?...

– ... dit... dit le Grand Tortionnaire ! ! ! »

L'on hurla de rire et l'on battit des mains à l'idée réjouissante des tortures que le nouveau Roi infligerait aux Parrott ! Les enfants dansaient autour de Harold en scandant son nom : Gare-à-toi-si-je-t'attrape-Parrott, Gare-à-toi-si-je-t'attrape-Parrott !...

Harold se mit à mimer les gifles, les coups de pied, les morsures et les pincements qu'il réservait à ses futurs suppliciés ! C'était un grand moment de joie pour tout le monde. Mais l'un des participants interrompit brusquement la fête d'un « Chut ! ! » retentissant.

Le bruit très inapprécié des sabots de Mâme Parrott résonna au pied de l'échelle.

« Eh bien, bande de garnements, qu'est-ce qui vous prend ? Qu'attendez-vous ? Ne voyez-vous pas le temps qu'il fait dehors ? »

On regarda par la lucarne : il neigeait de plus en plus.

« Et personne ne pense à mes collets, bien entendu ? »

Les collets de Mâme Parrott, ses fameux collets pour ses civets de lièvre qu'elle espérait quelle que soit la saison.

« Si un gibier s'est attrapé cette nuit, il va geler sur place ! Le reste des collets va disparaître sous la neige jusqu'au dégel et vous allez les oublier et me les perdre ! Que celui qui s'en occupe aujourd'hui parte au trot ! Gare à lui s'il me manque un seul nœud à son retour ! Allez ! Allez ! »

Et elle sortit en claquant le portail de la grange. Elle grommela encore « Quel temps ! Mais quel temps ! » avant que sa voix ne se perde.

La liesse était retombée parmi les enfants. Le Roi posa sa couronne.

Les collets de Mâme Parrott étaient changés toutes les semaines. Six enfants les posaient et les surveillaient, chacun leur tour. Eux seuls connaissaient les emplacements choisis, personne d'autre ne pouvait intervenir ce matin pour apaiser la colère de Mâme Parrott.

Résolu, l'enfant du jour annonça qu'il ferait rapidement la tournée seul et que ses amis pouvaient rester au chaud. Mais au moment de descendre l'échelle, son pied droit se coinça et il fit une terrible chute. Alors l'enfant dévolu au lendemain dut partir à sa place : mais celui-ci accrocha une de ses chaussures sur un clou, et sa semelle se déchira entièrement. Le troisième dut se sacrifier. Peu après sa sortie, il tomba à mi-corps dans une flaque glacée recouverte de neige. Le pauvre grelottait de la tête aux pieds. Ce fut au quatrième de s'en aller aux collets : il partit trop vite et s'assomma en ne baissant pas assez le front sous une poutre. Le cinquième, lui, heureux d'être sorti sain et sauf de la grange, se retrouva les fesses à l'air en passant au-dessus d'une clôture, son pantalon y resta piteusement pendu. Ce fut enfin au dernier de l'équipe d'aller retrouver les collets en pleine neige, et ce dernier... c'était Harold.

Des garçons voulurent prendre sa place parce qu'il avait gagné la fève des Rois mais il refusa. Du reste, il perdrait trop de temps à leur expliquer où étaient dissimulés les collets.

Il quitta la grange. Rien de mal ne lui arriva.

« J'ai de la chance », pensa-t-il.

Mâme Parrott n'avait pas tort, ce ne fut pas simple de retrouver les pièges, la neige tombait dru et le paysage avait changé. Il ramassa les huit premiers collets sans trop d'encombre. Bien entendu, ils étaient vides. Le neuvième et dernier collet fut une tout autre espèce d'aventure...

C'était le piège le plus éloigné de la ferme. Il n'avait fonctionné qu'une seule fois dans l'année.

En approchant, de loin, Harold le repéra tout de suite : quelque chose était dessus, pris dedans et se débattait ! De là où il était, c'était une belle bête. Harold courut à vive allure. Mais, avant son arrivée, l'animal réussit à arracher le collet tout entier et à s'enfuir avec. Terrible affaire ! Qu'importe qu'Harold ne ramène aucun gibier aujourd'hui, mais un collet en moins ! Non, Mâme Parrott avait bien prévenu : Harold savait qu'un collet allait lui coûter un repas ou deux et une grosse somme de pénalités à soustraire de son compte à la Banque des Enfants !

La bête prise laissait des marques dans la neige fraîche, Harold décida de la poursuivre. Il partit comme une flèche. L'animal allait droit vers la forêt. Mais le collet avait dû lui endommager une patte, il faisait des bonds difficiles et Harold sentait qu'il gagnait du terrain. Le tout était d'arriver avant l'orée de la forêt. Notre ami redoubla d'efforts. Il voyait sa proie. Il l'avait d'abord prise pour un beau lièvre, mais il dut maintenant se rendre à une drôle d'évidence : c'était un petit *enfant* qui s'enfuyait devant lui ! Un garçon. Et Harold était certain qu'il n'appartenait pas à la ferme de redressement des Parrott.

« Hé là ! Toi ! Arrête ! Je veux juste récupérer le collet ! Je ne te veux aucun mal ! Arrête ! »

Le fugitif tourna rapidement le cou ; il était terrorisé. Il fonça encore plus vers la forêt. Harold n'y comprenait rien. Comme il était plus grand et plus rapide, après un dernier saut décisif il finit par attraper le fuyard par la taille et le plaquer au sol !

« Mais qu'est-ce qui te prend de fuir de la sorte ? De quoi as-tu peur ? »

Le garçon avait le collet serré à la cheville droite ; Harold le lui retira et se remit sur pied.

« Relève-toi, lui dit-il, tu vas prendre froid. Mais d'où viens-tu ? »

Harold savait qu'aucun village n'existait aux alentours de la ferme. Et personne n'avait jamais mentionné de famille vivant dans les parages.

Le petit se mit sur ses jambes. Il regarda autour de lui, affolé.

« Je m'appelle Harold Gui. Et toi ?

– Moi, c'est Kmilguitruk... » Et il fondit en larmes comme un enfant qui réalise soudain qu'il a commis une *gigantesque* bêtise.

« Comment dis-tu ? Kmil quoi ? demanda Harold. Ce n'est pas un nom, ça ; d'où... »

Mais il n'acheva pas sa question. Il fit même tomber le collet par terre. Bouche bée.

« Mais ?! »

Le petit personnage devant lui avait des oreilles pointues. Ses yeux n'avaient pas de blanc autour de la pupille et ne clignaient pas. Il avait une langue et des lèvres sombres. Si ce fuyard n'avait rien d'un lièvre, ce n'était pas non plus un *enfant* ! !

« Mais ? Mais ? » Harold répétait cette syllabe d'un air abêti.

La chose aux oreilles en pointe haussa les épaules, secoua la tête d'un air désolé.

« Ce n'est pas ma faute, dit-il. C'est Balbek, vous savez...

– Balbek ? Qui est-il celui-là ? En voilà encore un nom ! »

Le bonhomme rougit, couvrit sa bouche avec une main comme pour faire comprendre qu'il devait se taire puis il reprit sa course effrénée vers la forêt.

« Hé ! cria Harold. Attends ! »

Mais la chose avait fui.

Notre ami voulut reprendre son collet pour suivre ses traces dans la neige mais il découvrit à ses pieds un énorme lièvre, le cou parfaitement saisi dans le collet ! Une prise magnifique.

« Mais ? »

Jamais de sa vie, Harold avait si peu compris ce qui se déroulait sous ses yeux.

Le lièvre fit la joie de Mâme Parrott et de son mari. Après avoir été fêté comme le Roi dit le Grand Tortionnaire, Harold fut une seconde fois acclamé. Et les enfants le remercièrent car, pour une fois, la bonne humeur des Parrott rejaillit sur le traitement de tous. Mais le garçon avait l'esprit ailleurs. Il ne savait quoi dire, ni quoi avouer de son aventure, encore moins à qui. Personne ne comprit son repli et son inquiétude tout au long de la journée. Harold réfléchissait intensément, il essayait d'imprégner son esprit des détails de la chose qu'il avait croisée ce matin.

La chose qui ressemblait tant à un enfant.

Le soir, il y rêvait encore. Une idée le chagrinait : il était assez sûr d'avoir déjà vu un personnage de ce type quelque part. Mais où ? Comment ? Quoi ?

Harold repensa au Falou.

Son vieil ami avait dans ses paniers à poisson une double page où avaient été dessinées des figures moyenâgeuses oubliées. Le Falou s'en était servi une fois pour illustrer son fameux *Laïus* : et Harold se souvenait des griffons, des hippogriffes, des lycanthropes et autres monstres d'autrefois. Et puis. Et puis ?...

Et puis d'un diablotin, de la taille d'un enfant, habillé comme un enfant, facétieux comme un enfant. Les oreilles en pointe ? Oui, c'est ça.

« Mon Dieu, quel nom avait-il celui-là ?... »

Harold le revoyait sur la feuille du Falou. Il était bien identique à celui de ce matin.

Et en dessous du dessin...

... en dessous était écrit son nom.

Harold serra les paupières de toutes ses forces pour se le rappeler.

Ah ! !

Évidemment.

Oui !

C'est juste !

Un lutin.

Harold avait rencontré un lutin !

Chapitre 5

Où la suite de ce qui précède précède ce qui va suivre et ainsi de suite jusqu'à la fin...

Il ne le revit pas dans les jours qui suivirent. Il retourna plusieurs fois sur les lieux de leur rencontre, s'approcha du point du bois où il avait pu disparaître : rien.

Les semaines passèrent, le travail des Parrott s'intensifiait et notre ami finit par se convaincre qu'il avait fait un mauvais rêve, une hallucination : au reste, comment un lutin pouvait-il être dans cette région, *aujourd'hui* ? Les êtres fantastiques n'avaient-ils pas quitté le monde depuis bien longtemps, ou alors Le Falou se serait trompé ? Harold résolut d'oublier l'aventure, de ne pas en trahir un mot à ses amis et d'attendre de prochains événements, de prochaines « rencontres ».

Si jamais elles devaient avoir lieu...

*

Pendant les longues semaines d'hiver, on eut à déplorer la disparition de deux enfants. Le froid était vif et les petits ne mangeaient pas à leur faim. Le médecin de campagne qui vint constater les décès ne s'y trompa pas : « C'est leur alimentation qui les a tués. » Verdict sans appel que le couple Parrott entendit à sa manière : « Nos pauvres petits sont morts d'*indigestion* ! Nous les nourrissons trop, ces malheureux ! » La réponse à ce mauvais traitement fut de réduire encore la quantité de graisses des repas.

L'un des deux disparus avait une famille du Lancashire qui vint jusqu'en Écosse pour ensevelir son plus petit. Les Parrott firent laver tous leurs pensionnaires et affichèrent une mine désespérée au matin de leur arrivée. Une vraie comédie. C'étaient un père et une mère très modestes qui n'avaient pu s'opposer aux ordonnances d'un Comité de Bienfaisance résolu à « redresser impérativement leur fils ». « Pour le bien de la société », avait-il ajouté.

C'était la première fois que Harold et beaucoup des orphelins voyaient de leurs yeux des parents aimants et affligés du sort de leur enfant. Je sais combien cela peut paraître difficile à admettre de nos jours, mais il existait bien alors des petits entièrement coupés du cocon familial et des sentiments qui l'agrémentaient. Un enfant qui ne regrette pas l'amour d'une mère car il ne peut deviner ce qui se cache derrière ces mots, est-ce seulement imaginable ? Et pourtant, cela était.

Le soir qui suivit la mise en terre et le départ des parents, les petits ne dirent pas un mot, chacun resta blotti sur son lit de paille, la gorge serrée.

Deux semaines plus tard, sans trop de surprise, Harold vit reparaître le gros Donald Spade, flanqué de deux « remplaçants ».

Décidément, la bête se nourrissait de ses propres petits.

Le printemps arriva.

En quelque sorte ce fut le premier de l'existence de Harold. Il a été dit ici combien à Cokecuttle toutes les saisons se ressemblaient, grises, enfumées, sans cycle de ramure ni de floraison.

Harold découvrait le printemps d'Écosse ! Une coccinelle sur sa main ou deux papillons qui se prenaient en chasse pouvaient le rendre heureux pour toute une journée. Il quittait autant que possible les environs de la ferme afin d'inspecter la nature et dénicher de nouvelles merveilles ; c'est ainsi qu'il entra dans le bois au nord et le traversa pour étudier les landes voisines. Là, derrière des bosquets, près d'un petit filet d'eau, il entendit deux voix qui conversaient. D'autres enfants qui cherchaient à échapper au couple Parrott ?

Il s'approcha.

« Je te dis que c'est *lui*, dit la première voix.

– Ce serait bien curieux. Après tout ce temps, pourquoi aujourd'hui ? Pourquoi ici ? Comment nous aurait-il trouvés ?

– On le saura en temps voulu, comme toujours. Il faut attendre.

– Ça, on ne pourra pas nous dire que nous n'avons pas été patients ! Mais même... moi je ne suis pas certain de ce garçon.

– C'est lui, te dis-je ! Je l'ai reconnu. »

Reconnaître ? Harold se rappela subitement que c'étaient les mots qu'il avait entendus en arrivant le premier soir à la ferme. « C'est lui, je le reconnais... » Mots mystérieux qu'il n'avait jamais réussi à attribuer à personne.

Il s'approcha et aperçut les deux parleurs, sans être vu lui-même.

Deux lutins !

Harold se figea.

Il ne pouvait y avoir d'erreur possible. Le garçon était éveillé, en pleine possession de ses moyens, sans aucun motif pour divaguer ni halluciner. Les deux lutins ressemblaient fort au premier attrapé dans le collet à lièvre. Mêmes oreilles pointues, même absence de blanc dans l'œil. Ils étaient habillés avec des chausses et un gilet marron, la tête couverte par un petit chapeau lui aussi en pointe. Ils étaient petits, bien au-dessous des épaules de Harold. Ils affichaient un peu plus d'embonpoint que le lutin précédent. Harold aurait pu se contenter de les observer sans rien dire si les deux compères ne s'étaient pas ouvertement mis à parler de *lui*. En tout cas, ils prononcèrent son prénom.

« Hé ! dit-il en surgissant. En voilà assez. Qui êtes-vous ? Je voudrais bien que... »

Mais aussitôt les deux lutins disparurent. Harold n'en crut pas ses yeux ; ils avaient détalé à la vitesse de l'éclair ; si les branches du bosquet voisin n'oscillaient pas encore après leur passage, Harold aurait pu croire qu'ils s'étaient dématérialisés.

« Qu'est-ce que c'est que cette histoire ?... »

Tout autre qu'un enfant se serait d'abord alarmé de l'existence même de petits êtres comme des lutins, cette seule révélation l'aurait terrifié pour toute une vie ; l'enfant, lui, préférait plutôt savoir ce qu'ils voulaient et ce qu'ils faisaient dans les parages. L'existence de lutins n'était pas si révoltante en soi.

« Est-ce bien de moi qu'ils parlaient ? »

Encore plus intrigué qu'à la première rencontre, Harold retourna vers la ferme, roulant des tonnes de questions dans sa tête :

« Mais si les lutins vivent encore, ici, cela veut-il dire qu'il peut exister d'autres races d'Immortels comme eux sur la Terre ? Ils seraient *revenus* alors ? Revenus après tout ce temps et le Grand Exode ? Le Falou le savait-il ?... Était-il au courant ? Et si le grand retour des magiciens approchait ?... Je ne comprends pas. »

Et ils avaient parlé de *lui*, il en était convaincu. Ils avaient dit « Harold ».

À son retour à la ferme, il eut encore une surprise : une lettre l'attendait sur son lit de paille, dans la grange. Il lut :

« La curiosité est un vilain défaut, cher Harold Gui. Il ne faut pas écouter les conversations qui ne sont pas pour soi. Mais nous vous pardonnons, car le temps presse. Du reste, vous arrivez parmi nous avec un retard approchant les neuf cent soixantedix-sept ans et trois jours. Comme cela a assez duré, vous en conviendrez, ne tardons plus. Voulez-vous bien vous trouver à l'arbre très isolé des landes du nord, vous le reconnaîtrez, la nuit prochaine, à la première heure du jour ? »

C'était tout. Pas de signature.

Mais, plus étrange, Harold reconnaissait les boucles et les déliés aristocratiques de l'écriture : c'était celle du Falou ! Le ton n'était pas le sien, mais l'écriture... reconnaissable entre mille.

Et comment la lettre qui évoquait la conversation surprise entre les deux lutins avait-elle pu arriver à la ferme avant lui ?

Lorsqu'il interrogea ses amis, personne n'avait rien vu, ni même remarqué qu'il y avait une lettre sur son lit. Seul un petit, à moitié assoupi, dit qu'il avait entendu un étrange bruit, un Pop ! et qu'il avait aperçu comme une petite vapeur d'eau au-dessus du lit de Harold.

Rien de plus...

Chapitre 6

Où la vie de Harold prend un tour hors du commun...

Harold se leva au beau milieu de la nuit.

La chambre était obscure. En dépit de la saison, les soirs étaient encore frais, aussi les lits étaient-ils toujours disposés en cercles concentriques autour du poêle et celui de Harold laissé en bonne place. Le garçon ne s'était pas déchaussé pour ne pas perdre de temps ; il dut amortir sa marche et les craquements du plancher à mesure qu'il se dirigeait vers l'échelle.

Lorsque Harold eut descendu, il se méfia des animaux. S'il leur faisait peur, un seul pouvait réveiller le troupeau et ébranler toute la grange. Il tira le loquet du portail et le fit glisser avec d'infinies précautions. Dehors aussi il fallait être prudent.

La nuit était sombre, sans lune ; mais le ciel était dégagé. Harold partit en courant. Sans trop de surprise, il fut rattrapé par McChalhane et McClark, les deux dogues des Parrott ; il avait prévu deux morceaux de pain séché qui stoppèrent net leurs grognements et leur poursuite.

Il traversa le bois. Pour la première fois, il s'inquiétait : les bruits, les ombres, plus rien ne lui était familier, rien ne ressemblait au jour. À plusieurs reprises, il crut s'être égaré. Il réchappa enfin et entama sa traversée de la lande. Son œil s'habituait à la faible clarté du ciel ; il passa entre les cours et les points d'eau sans se mouiller.

L'arbre mentionné par les lutins apparut.

Grand. Gigantesque même. Mais seul au milieu de la lande.

C'était un pommier.

Au pied, posé contre le tronc, Harold aperçut un panneau. Une flèche peinte en rouge pointait vers le sommet de l'arbre.

Soit. Sans se poser d'autre question (à ce stade de son affaire, était-ce encore bien essentiel ?) Harold grimpa.

Les branches étaient idéalement disposées : un véritable escalier dissimulé par les feuilles et les fleurs. Harold atteignit le haut de l'arbre. Là, de nouveau, l'agencement des branches faisait un palier très commode pour l'observation. Harold s'assit et attendit. Autour de lui, les landes se perdaient dans les ombres, mais sur sa tête, il pouvait voir et compter des milliers de magnifiques étoiles. Comme à son habitude il rechercha la constellation du Petit Cheval. Il l'aimait beaucoup ; Le Falou lui avait appris que c'était la plus petite du ciel. Cette fois-ci, il s'aperçut que l'étoile centrale scintillait étrangement fort.

Mis à part cela, rien d'anormal. Harold finit par se demander ce qu'il attendait là et si qui que ce soit pourrait jamais le croire s'il avouait être venu ici à l'invitation d'une lettre de lutins ! Il finit par sourire de sa naïveté, se dit que sans doute ses amis de la ferme venaient de lui jouer une bonne farce et que lui, le grand raconteur d'histoires, était tombé dans le panneau. Ah ça ! Quel fou, il faisait ! Il resta cependant sur place, la tête renversée, les yeux plongés dans les étoiles : le plan d'observation était magistral. Le Falou le lui avait souvent dit : « Pour regarder le ciel la nuit, il faut être patient : l'œil s'habitue à l'obscurité, et l'on voit alors apparaître des milliers d'étoiles cachées qui échappaient jusque-là au simple coup d'œil. » Il avait raison. Harold vit même des teintes et des couleurs surgir dans la nuit noire. Les pensées du petit changèrent d'humeur : il se demanda si quelqu'un quelque part là-haut veillait encore sur lui ; si – ce n'était pas si fréquent – ses parents disparus étaient dans ces étoiles ? Savaient-ils qui il était et où il était ? Étaient-ils encore vivants ? Et Le Falou ? Le Falou le voyait-il ?

Mais quelque chose se passa qui interrompit les tristes idées de l'enfant. Harold crut d'abord que ses yeux avaient été submergés par les larmes et qu'elles lui troublaient la vue : toutes les étoiles, ces étoiles qui ne quittaient jamais leurs places, toutes les étoiles se mirent à tourner au-dessus de sa tête. Une vraie danse du ciel et de la nuit. Harold sentit également la terre frémir sous lui. Il s'agrippa avec ses poings.

Il comprit alors : l'arbre tournait sur lui-même et *s'enfonçait dans la terre* !

Bon. Là, cher lecteur, tu te demandes si l'auteur n'aurait pas eu jusqu'à présent deux ouvrages en préparation ; d'abord un conte à la sauce dickensienne, puis un autre roman fantaisiste et affranchi de tout réalisme ; et si, par l'esprit fatigué du même romancier, ces deux histoires ne se télescoperaient pas sous tes yeux, s'emmêlant d'une façon révoltante. Eh bien non ! Force nous est de porter cette étrange suite des choses au compte de Balbek, le Génie domestique. C'est bien lui, et lui seul, qui tire les fils plus ou moins tendus de cette histoire, et nous n'en sommes que le sténographe dubitatif. Il ne faut pas oublier qu'il reprend du service après de longs siècles de repos forcé... Balbek fait au mieux de ses moyens pour atteindre ses fins. Aussi est-ce lui qui a brusquement décidé – pour le bien de Harold Gui – de faire engloutir cet énorme pommier sous la terre !

Reprenons notre histoire. L'arbre s'enfonce donc.

Lentement, Harold disparut et se trouva à descendre dans le fût d'un tunnel ou d'un puits géant. Les parois étaient constellées de petits trous, comme des niches de troglodytes. Partout apparaissaient des têtes de lutins, on les aurait dites mues par un ressort. Ils regardaient passer Harold, souriant, lui lançant des signes fraternels de la main. Notre ami avait les yeux exorbités ! Il poursuivait sa descente, lente, régulière, comme posé sur un nuage de coton. Et toujours ces lutins qui surgissaient pour le saluer ! L'espace était illuminé par des dizaines de coquilles de noix à mèche enflammée et de petites bougies plantées dans de grosses pommes rouges. Même dans ses rêves les plus fous, Harold n'avait jamais conçu pareil monde souterrain. « Ce n'est pas vrai », se disait-il, « ce n'est pas possible », « ça n'existe pas », « je vais me réveiller », « personne ne me croira », « et quand cela s'arrêtera-t-il ? », « dois-je crier ? », « non ce n'est pas vrai ».

Cela s'arrêta enfin. L'arbre pénétra dans le fond du « puits » avec toutes ses branches qui se replièrent et seuls son extrémité et Harold restèrent à la surface. Le garçon put descendre en faisant un pas.

Le monde qu'il aperçut mérite que l'on s'y arrête un instant. Tous les enfants qui ont eu un matin du mal à quitter les draps de leur lit (que ce soit pour se rendre à l'école aujourd'hui, ou à l'usine hier) savent de quoi nous allons parler : autour de Harold, il y avait des lits partout. En large, en long, suspendus, encastrés, côte à côte, isolés... bref un univers de lits, de coussins, de draps, de couettes et de polochons. Un ingénieux système de câbles et de poulies apportait de quoi boire et manger dans des paniers d'osier, sans que le dormeur ait à faire autre chose que tendre le bras. C'était vraiment le paradis des fainéants et des grands endormis... La grotte où Harold avait posé le pied était un gigantesque monument consacré au sommeil !

Et il y avait des lutins partout. Une légion de lutins, tous habillés à l'identique dans leur petit costume marron, avec leur chapeau aussi pointu que leurs oreilles. Ils faisaient la même taille, montraient tous le même embonpoint, et ils le regardaient d'un air accueillant.

« Ce n'est pas vrai », « ce n'est pas possible », « ça n'existe pas », « je vais me réveiller », « personne ne me croira », « dois-je crier ? ».

Les centaines de petits bonshommes l'observaient en silence ; certains s'approchaient lentement. Harold recula.

« Bonjour, jeune Harold ».

La voix était celle d'un vieil homme. La foule se fendit devant le garçon et un lutin âgé apparut.

« Je me félicite que tu aies répondu si vite à notre lettre d'invitation. D'ordinaire il faut plus de subterfuges pour arriver à convaincre un humain de répondre à des êtres dits " imaginaires ". C'est bien, c'est un bon début...

– Mais... qui êtes-vous ? Que fais-je ici ?

– Tu dois le savoir. Viens avec moi. »

Et le vieux lutin de se retourner. L'allée dégagée par les spectateurs invitait Harold à le suivre, ce qu'il fit d'un pas hésitant, répondant d'un mouvement du front à toutes les salutations joyeuses sur son passage. À l'évidence, ces êtres ne lui voulaient aucun mal.

Harold marchait sur leurs lits : ils étaient tendres et profonds, il songea que ce pouvait être ici le plus merveilleux terrain de jeu pour ses amis de la ferme habitués à des sommiers de paille et aux relents des animaux. Ici cela sentait les fruits exotiques, les friandises de Vienne et le chocolat chaud.

Le vieux lutin – que Harold prit naturellement pour le Chef – conduisit le garçon vers les étages surplombant la grotte. La hauteur des pièces et des galeries était juste ce qu'il fallait pour la stature de Harold (c'était bien la première fois que sa petite taille lui était avantageuse, hormis pour le ramonage des cheminées).

Le Chef introduisit l'hôte dans ce qui semblait être son bureau. Une petite pièce ovale avec une table en bois massif. Trois autres lutins étaient présents : le premier était celui saisi par le collet le 6 janvier, et les autres, les deux bavards de la veille. Ils affichaient une mine satisfaite.

« Asseyez-vous, Harold », dit le vieux lutin en lui présentant une chaise un peu courte. Notre ami se retrouva avec les genoux au niveau du torse.

« Que me voulez-vous ? demanda-t-il.

– Bonne question. Nous ne t'avons pas écrit impunément. Mais il faut en premier t'expliquer qui nous sommes et ce que nous faisons ici pour que tu puisses comprendre le motif de notre rencontre.

– Je vous écoute.

– Tu dois t'en douter : nous sommes des *lutins*.

– Oui.

– Les lutins appartiennent à la famille des angelots un peu déchus, des diablotins inoffensifs. Notre mission sur la Terre a toujours été de nous attacher à une maison, à une famille, et de l'aider à vivre de son mieux sous son toit. Un lutin par logis, c'était la règle. Nous aidions aux tâches ménagères, nous protégions les réserves de grain, lustrions la robe des chevaux, tirions le lait, rangions les fagots, et cetera. Tout cela avec une bonne humeur et un entrain que n'ont pas oubliés les traditions qui parlent encore de nous.

– Les lutins aiment faire des farces, je crois ?

– C'est aussi exact. Il faut bien rire de temps en temps. Mais cela dit, les farces et le reste sont arrivés un jour à leur fin. Nous appelons ce jour celui du Grand Départ. Il fut résolu que tous les anges, fées, magiciens, ondines, enchanteresses, dieux de la nature, devaient quitter sans plus tarder la planète des hommes. Cet ordre concernait aussi les lutins, bien entendu. »

Harold écarquilla les yeux.

« Le Grand Départ a donc vraiment eu lieu ?

– Et comment qu'il a eu lieu ! C'était toute une affaire ! Du jour au lendemain, les hommes se sont retrouvés seuls entre eux, plus le moindre esprit magique et féerique sur la surface de la Terre ! Et nous, petits êtres de fantaisie, nous avons fini dans les livres de contes, les légendes orales, les imageries du temps passé. Plus personne aujourd'hui n'imagine que nous ayons existé. C'était du reste le but de ce Grand Départ : que l'homme fasse sans nous et nous oublie.

– Mais alors que faites-vous ici ? Pourquoi n'êtes-vous pas partis avec les autres ? »

Le Chef fit une moue embarrassée.

« C'est que... il y a eu des problèmes d'organisations à ce moment... de logistique, si tu veux... Je t'ai dit que le Grand Départ avait été une incroyable équipée à mettre en place.

– Oui, mais je ne comprends toujours pas.

– Eh bien... il faut savoir que les lutins étaient sous les ordres de ce qu'on appelait un Génie domestique, une sorte d'Ange qui nous commandait, nous plaçait et nous déplaçait d'une maison à l'autre. Il tranchait lorsqu'il y avait des polémiques ou des débats. Mais le Génie qui assumait la charge des mille et un lutins que tu as rencontrés en bas était un peu... disons un peu " tête en l'air ". Par distraction, il nous a tout bonnement fait manquer le Grand Départ ! Lorsque cela s'est su, le Conseil des Anges s'est mis en furie. Notre Génie fut exclu illico du Conseil et sévèrement placé en exil. Comme nous l'aimions beaucoup, nous avons voulu nous porter à son secours... c'était normal... eh bien, nous avons été punis à notre tour !

– Comment cela ?

– Puisque nous étions les derniers ressortissants de notre race sur la Terre, il nous fut interdit de rejoindre nos amis. Nous devions rester ici, sans bouger, sans être vus ni entendus des hommes. Une mise aux arrêts !

– Quand cela s'est-il passé ?

– Hou là... il y a plus de mille ans. »

Le Chef expliqua qu'ils durent se faire à leur nouvelle vie souterraine. D'où les innombrables lits dans leur cachette : certains lutins pouvaient dormir d'ennui pendant plusieurs décennies d'affilée. Eux qui autrefois couraient partout, sautillaient, ne ménageaient pas leur peine pour tout ce qui touchait au logis, avaient pris un sérieux embonpoint à force de rester ces longs siècles à ne rien faire, allongés et mangeant. Un véritable supplice.

« En fait, nous *attendions*, dit le Chef.

– Attendre quoi ?

– Le jour de notre punition, une certaine Fée Dora est venue nous voir de la part du Conseil des Anges – qui s'était maintenant installé loin, très loin de la Terre. Elle nous a apporté un Livre, fermé par quatre sceaux inviolables. Sa prophétie annonçait que nous ne serions pardonnés et libérés qu'au jour où le quatrième sceau se serait ouvert de lui-même.

– Diable ! Et vous l'avez toujours ce Livre ?

– Il ne nous quitte jamais. »

Le vieux lutin se tourna vers une paroi de terre et ouvrit une porte d'étagère invisible jusque-là. Il rapporta sur son bureau un énorme grimoire poussiéreux.

« Voilà ! »

Harold constata aussitôt que les deux premiers sceaux étaient ouverts.

« Eh bien ? Que disent-ils ?

– Ah ça !... »

Chapitre 7

Où l'on traite de ce troisième sceau qui résiste à tout

Harold fit un œil tout rond en attendant la suite.

« Ah ça, répéta le vieux lutin. Le premier sceau a été rompu de la main même de la Fée Dora avant qu'elle ne nous quitte. Il ouvrait sur une simple page où était dessinée, en quelque sorte, l'image du “ sauveur ” qui devrait nous racheter un jour.

– Un sauveur ? »

Le Chef ouvrit le livre en tirant l'épaisse couverture de cuir. Un dessin au crayon apparut, daté de l'an de grâce 874. Harold se pencha, intrigué.

« Mais ? ! »

C'était *lui* sur le dessin. Pas de doute possible. Tout y était, y compris l'accoutrement du gamin de Cokecuttle envoyé dans la campagne écossaise.

« Allons, vous me faites une farce ! s'exclama-t-il. Vous recommencez comme autrefois. Ce n'est pas charitable !

– Mais non, nous t'assurons...

– Hé, vous me prenez pour un idiot ! Que votre sauveur soit un petit garçon, après tout pourquoi pas ? Mais comment voulez-vous qu'un dessin d'il y a mille ans puisse reproduire le pantalon et le bonnet d'un enfant de 1851 ? Et en plus il ressemble au premier garçon que vous réussissez à amener chez vous. Non, la ficelle est trop grosse. Ce n'est pas possible. C'est vous qui avez fait ce dessin et monté cette histoire en épingle pour vous jouer de moi !

– Dis plutôt que tu n'y *crois* pas ! C'est plus juste que de dire que c'est impossible. Jusque-là tu as bien voulu admettre que le Grand Départ des êtres fantasmagoriques était concevable, on te parle d'une Fée Dora, d'un Génie, d'un Conseil des Anges et tu ne dis rien, mais un simple dessin prémonitoire de mille ans, et ça, cela ne passe plus ! Décidément les hommes et les enfants ont bien changé ! Tu n'arrives pas à y *croire*, dis-je, c'est différent que de déterminer si quelque chose est vrai ou faux. Dans les contes et les légendes, as-tu jamais vu ou entendu un héros dire devant un dragon cracheur de feu ou une sorcière volante : " Mais c'est impossible ! Non, je n'y crois pas ! On me joue une farce, c'est sûr ! Quoi ? un tapis qui vole ? Mais pour qui me prend-on ? " Eh bien, c'est exactement ce que tu es en train de faire, Harold Gui ! »

Harold réfléchit qu'en effet il était actuellement dans un souterrain habité par une colonie de lutins et qu'il y était parvenu grâce à un pommier géant en guise de monte-charge, pour le coup il devait provisoirement mettre de côté ses réflexions sur les possibles et leurs contraires...

Le Chef reprit :

« C'est donc ce petit garçon que nous attendions, sans savoir en quel siècle, ni en quel endroit nous allions le rencontrer. Pendant tout ce temps, nous avons attendu ici et envoyé des " éclaireurs " à travers le monde pour chercher l'enfant qui ressemblait à celui du premier sceau. Des lutins se sont habillés en jeunes garçons et en jeunes filles et ont visité toutes les villes du pays et du continent. Et plus loin encore. Mais rien. Jamais rien. Que de faux espoirs vite étouffés...

– Jusqu'à ce que tu arrives à la ferme des Parrott ! s'exclama soudain le lutin du collet. Dès que je t'ai vu, je t'ai reconnu !

– Quelle ironie du sort, continua le Chef, nous t'avions cherché désespérément à des milles et des milles, et voilà que tu venais de toi-même, ici, à l'endroit exact de notre punition du temps du Grand Départ.

– Allons, allons, dit Harold troublé, n'allons pas trop vite. Que puis-je avoir à faire avec des lutins comme vous ? Ce n'est peut-être qu'une ressemblance. Nous ne pouvons être sûrs de rien...

– Détrompe-toi, reprit le lutin du collet. Lorsque tu as posé le pied à la ferme, il s'est tout de suite passé un fait irréfutable qui t'identifiait.

– Quel fait ? s'inquiéta Harold. »

Le Chef sourit :

« Le deuxième sceau s'est ouvert. »

Il ouvrit une nouvelle grande partie du livre.

Harold se pencha, le cœur battant.

Une phrase était écrite : « Après ce long temps d'attente et d'abstinence, Lutins, votre Sauveur doit maintenant vous *remettre au travail*. »

Au travail ?

« Qu'est-ce que cela veut dire ? » demanda Harold.

Les trois lutins se regardèrent, interloqués.

« Comment cela : qu'est-ce que ça veut dire ? C'est assez clair, non ? Tu es le sauveur, tu dois bien savoir ce que tu dois faire ?

– Désolé, mais je n'en ai pas la moindre idée. »

Les lutins pâlirent.

« Ce n'est pas possible. Réfléchis, tu dois savoir...

– Mais je vous assure que c'est tout à fait possible ! Cette fois-ci c'est à vous de me *croire*. Il y a quelques minutes encore je ne connaissais pas votre existence, comment voulez-vous que je vous sauve de... de je ne sais même pas quoi ! »

Moment de flottement entre lutins.

« Il doit y avoir une explication, assura le Chef en essayant de retrouver son calme. Tout va s'éclaircir, ne nous alarmons pas. Allons, allons... nous " remettre au travail ", cela ne doit pas être bien sorcier. En tout cas, c'est indispensable, j'imagine que tu le comprends : il est fort à parier que tant que tu ne nous auras pas *remis au travail*, le troisième sceau du livre restera clos !

– Mais le travail, se plaignit Harold, que savez-vous faire, du reste ?

– Tout ! répondirent d'une seule voix les trois lutins. Tout ! Rien du travail d'un homme ne peut nous échapper. Nous sommes un peu rouillés en ce moment c'est vrai, mais les vieilles habitudes reviendront. Il n'y a pas une tâche qui nous fasse peur ! Tu peux nous demander l'impossible ! Du moment que tu nous le demandes...

– ... et que cela rompe le sceau... »

Harold revoyait en pensée les mines enjouées des lutins qui apparaissaient pendant sa descente dans le gouffre. Il comprenait désormais l'espoir qu'ils mettaient en lui.

Le vieux lutin perçut à quel point le garçon était décontenancé.

« Il me semble que cela suffit pour aujourd'hui, dit-il. Ce pauvre Harold est tout désemparé et cela se comprend. Nous avons tort de nous montrer impatients. Rentre à la ferme, mon petit. Mûris ce que tu as vu et entendu aujourd'hui. Nous savons que quelqu'un *veille* sur toi, Harold, il fera ce qu'il faut pour que le hasard et les petits détails des jours et des semaines prochaines te mettent sur la bonne voie. Tu verras.

– Quelqu'un veille sur moi ? Est-ce Le Falou ? J'ai reconnu son écriture sur la lettre que vous m'avez envoyée. Est-ce lui ? Vous le connaissez ?

– Non, répondit le lutin au collet. L'écriture de ton ami était un moyen pour attirer un peu plus ta curiosité. Cela, c'était une idée de Balb...

– Chut ! ! ! !... » soufflèrent d'un coup les trois autres avec une mine de reproche ; mine qui disait expressément à quel point il fallait taire ce qui devait être caché et n'en parler sous aucun prétexte ; triple injonction du même type triplement inviolable !

Décidément, Harold ne saurait pas ce soir de qui était cette idée...

... mais elle était le cadet de ses soucis.

« Ce n'est pas vrai », « ce n'est pas possible », « ça n'existe pas », « je vais me réveiller », « personne ne me croira », « dois-je crier ? ».

Il s'assit sur le sommet du pommier et retourna à l'air libre.

Chapitre 8

Où Harold se souvient de Cokecuttle. Chapitre bref mais fort important pour la suite de cette histoire

À la ferme, Harold resta muet à propos de l'aventure de la grotte. Il ne savait trop quoi en penser lui-même ; et il ne pouvait risquer de dévoiler l'existence et la cache des lutins – si tout cela avait seulement un *sens*... Les mots, les choses et les lieux se bousculaient dans sa petite tête : la révélation du Grand Départ, le Livre aux sceaux, la grotte, l'espérance des lutins, la prophétie de la Fée Dora...

Alors qu'il passait plusieurs journées à réfléchir sur cela (en accomplissant les tâches ordonnées par les Parrott), notre ami découvrit que sa vie à la ferme *changeait* : lorsqu'il partait à la pompe remplir un seau d'eau, celui-ci était déjà plein à ras bords, prêt à être rapporté ; l'étable des vaches était toujours décrottée ; les volatiles au-dessus des champs disparaissaient, mitraillés aux pattes par d'invisibles projectiles... À l'évidence, les lutins avaient résolu entre eux de lui venir en aide pour qu'il puisse plus aisément songer à « comment il devait les remettre au travail ». Cette activité, ce soutien clandestin, tous les enfants de la ferme en profitèrent, sans le comprendre : leur travail harassant était accompli plus vite et bien mieux. Ce soudain sursaut d'activité aurait dû satisfaire Maître et Mâme Parrott, mais ce fut l'inverse qui se produisit. Au lieu de les féliciter, les adultes préférèrent ajouter aux enfants des surcharges de travail. Cela devenait un jeu odieux et incessant : chaque fois qu'Harold ou l'un de ses amis arrivaient à accomplir une tâche que les Parrott avaient sciemment voulue insurmontable, ces derniers se sentaient humiliés, vexés dans leur orgueil de *tourmenteurs* ; ils faisaient alors preuve d'une ingratitude et d'une mauvaise foi qui écœuraient Harold et les petits. Plus on répondait à leurs attentes, et plus ils se montraient intransigeants, soupçonneux de tout.

Alors que la révolte grondait, Harold reçut une lettre de Cokecuttle, la première depuis son arrivée en Écosse.

Elle était signée d'Emma, la sœur de Joe.

À deux reprises, pendant l'hiver, Harold avait expédié des lettres vers son ancien camarade, à l'attention d'Emma, seule adresse postale où il pensait pouvoir l'atteindre. Il n'avait jamais reçu de réponse.

Jusqu'à ce jour.

La lettre était succincte, mais terrible :

« Le petit Joe a survécu par miracle à l'hiver mais il est maintenant au plus mal, à bout de force. Il reste sur son lit avec de la fièvre et ne reconnaît plus personne. Il va mourir à présent. Prie pour lui. Signé : Emma. »

Tout le passé proche de Harold lui revint en mémoire : les jeux sur les toits avec son ami, les rendez-vous au matin, les histoires du Falou, les petits déjeuners dans les combles de la fabrique de jouets. À l'époque, cette existence lui paraissait injuste et terrible, aujourd'hui il la regrettait presque, ses souvenirs la coloraient comme des dessins pour les enfants, joyeux, tout le mal en avait été expurgé.

Honnêt'Joe se mourait ?

Si Harold se démarqua des malheurs de ses amis de la ferme et des brimades des Parrott, c'est qu'une nouvelle idée lui était venue.

Il retourna à la grotte des lutins.

Chapitre 9

Il fallait y penser...

« Savez-vous ce qu'est un *cheval à bascule* ? » demanda-t-il au Chef des lutins.

Harold se souvenait que Joe rêvait à Cokecuttle du beau cheval de bois, le fleuron de la fabrique de jouets. Il était décidé à lui offrir ce présent coûte que coûte, avant qu'il quitte ce monde, une dernière joie, un dernier sourire pour cet enfant qui n'en avait pas connu beaucoup.

Harold reprit pour les lutins :

« Vous m'avez dit savoir *tout* faire.

– C'est juste. Encore faut-il que nous connaissions ce que vous nous demandez. De quoi s'agit-il ? »

Et Harold de dessiner, comme il l'avait fait pour les pensionnaires de la ferme, le cheval à bascule et les moyens de le réaliser avec trois bons morceaux de bois.

Le lendemain, si certains bûcherons écossais s'étaient baladés dans les bois environnants, ils auraient été surpris de voir la quantité astronomique de troncs qui avaient été abattus au cours de la nuit !

Harold eut beaucoup de peine à suivre le travail des lutins : son croquis avait été distribué à tout le monde et chaque lutin s'évertuait dans son coin à fabriquer le cheval à bascule demandé. Il naquit même une compétition pour savoir qui atteindrait le but en premier. Vu les ratés constatés dans les premières fabrications, l'entreprise prit soudain une tournure inattendue ; le temps et les proportions dépassaient de loin les attentes de Harold.

« Mais pourquoi travaillez-vous de la sorte ? leur demanda-t-il. Je n'ai besoin que d'un cheval et voilà que vous m'en construisez des centaines ! Et cela prend un temps infini parce que chacun œuvre de son côté sans profiter de ce que les autres savent peut-être mieux faire. Vous ne travaillez jamais *ensemble* ?

– Ensemble ? Mais cela ne s'est jamais fait ! Un lutin par logis, c'était la règle. Le lutin sait tout faire, alors le lutin fait tout.

– Mais c'est idiot.

– Je vous demande *pardon* ? »

Harold prit avec lui six lutins et ils construisirent le cheval à bascule sans faille ni délai. L'un fit la crinière, l'autre les pales incurvées pour la bascule, pendant qu'un autre sculptait le garrot, l'autre les flancs, l'autre les pattes. Le dernier patinait et cirait les différentes pièces avant de les monter. En touche finale, Harold fit faire un harnachement digne des images venues d'Amérique sur la vie des Peaux-Rouges.

Toute la communauté des lutins resta éberluée par ce qui se déroulait sous ses yeux.

Le cheval à bascule était prêt.

Une danse incroyable se mit en branle, les petits bonhommes se ruèrent sur le jouet, chacun le chevauchant pendant quelques instants. Et tous de rire, de fêter et de lancer de nouvelles idées à la cantonade.

« On peut le faire plus haut !

– On doit élargir l'assise.

– Il lui faut une petite cloche.

– Je vais améliorer les yeux.

– Nous pourrions lui attacher des rênes. »

Décidément ces lutins étaient comme des petits enfants, se dit Harold, ils savent bien comment on doit s'amuser.

Mais la joie véritable venait que ces petits êtres avaient appris quelque chose de neuf sur eux-mêmes grâce à Harold : ils pouvaient travailler ensemble à la même besogne ! C'était littéralement une révolution à laquelle ils n'avaient jamais songé.

Tous les lutins, *ensemble* !

Le cheval à bascule pour Honnêt'Joe était prêt. Il fallait maintenant le faire parvenir à Cokecuttle jusqu'au petit garçon malade...

À la ferme, un nouveau scandale couvait parmi les enfants : les deux parents qui étaient venus cet hiver à l'enterrement de leur fils avaient appris par le médecin de campagne que le pauvre petit n'avait pas succombé à une *indigestion* comme le voulaient les Parrott, mais bien à un manque cruel d'alimentation pour la saison. Ils déposèrent une plainte à la Chancellerie. Mais la justice étant ce qu'elle était à cette époque et dans ce pays, les malheureux, d'accusateurs se retrouvèrent mis en accusation eux-mêmes puis condamnés ! Les Parrott s'étaient battus avec la mauvaise foi qui les caractérisait, hurlant à l'imposture, à la perfidie et à l'appât du gain du couple plaignant (suggérant qu'ils ne faisaient cela que pour de l'argent, alors que les parents s'inquiétaient seulement de la santé des autres enfants de la ferme, craignant que des cas comme celui de leur fils ne se reproduisent). Le père fut incarcéré pendant un mois et le couple se retrouva à devoir une somme considérable aux Parrott pour *réparation des préjudices subis*. Comme nous le disions : la justice était ce qu'elle était à cette époque et dans ce pays.

Lorsque les enfants apprirent la nouvelle par le postillon qui avait suivi l'affaire dans la presse d'Édimbourg, leur colère passa un dernier grade : « Il faut agir. Il faut faire quelque chose ! »

Oui, mais quoi ?

Harold anima les débats :

« Faire fermer l'entreprise des Parrott ?

– Fuir ensemble sans rien dire ?

– Effrayer les Parrott ? Les séquestrer ?

– Prévenir les nobles du château ?

– La police ?

– La Chancellerie ?

– Le Bureau de Bienfaisance ?

– Qui peut nous venir en aide ? »

La réponse vint subitement à Harold : « Lord Milton Chubblewig ! » Oui, le vieux baronnet qui lui avait épargné le bagne de Norfolk ; lui seul semblait montrer un peu d'humanité envers les enfants et les autres membres du Comité le craignaient.

« C'est lui que nous devons prévenir, dit Harold. Il peut venir à notre secours. »

Soudain, tout s'ordonna dans la tête de notre ami : il s'enfuirait pour Cokecuttle en emportant le jouet pour Honnêt'Joe, ainsi qu'une longue lettre signée de tous les enfants de la ferme récapitulant les abus perpétrés par les deux Parrott et leurs conditions de vie !

La proposition fut acquise.

Mais Harold devait faire vite. Dès sa disparition découverte par Maître Parrott, ce dernier s'empresserait d'envoyer une missive au Comité pour se plaindre et réclamer des mesures de rétorsion. Comme cette lettre serait inévitablement farcie de mensonges odieux à son égard et le discréditerait, Harold devait atteindre Chubblewig et le Comité avant elle.

Harold, dans la grotte des lutins :

« Je voudrais que quatre d'entre vous viennent avec moi à Cokecuttle, dit-il. Je ne peux y arriver seul ; il faut m'aider à porter le cheval à bascule jusqu'à un ami. »

Pendant qu'on parlementait hardiment pour savoir qui seraient ces quatre lutins, une nouvelle idée vint encore à Harold : il examinait le paquet où avait été enfermé le jouet destiné à Joe. Celui-ci était en carton brut, aussi triste et aussi fade que ceux observés à la sortie de la fabrique de jouets. Ces emballages d'usine pouvaient tout aussi bien contenir un service de vaisselle, des draps de Bruges ou des bâtons de dynamite ! Rien de très exaltant pour des enfants. Alors Harold se rappela le « cadeau » offert par la petite Lucie dans la voiture qui le conduisait à la ferme des Parrott l'automne dernier. Il n'avait jamais perdu cette belle page ornementée d'arabesques colorées et de magnifiques teintes. Harold prit immédiatement des lutins avec lui :

« Je voudrais que vous reproduisiez ce dessin à l'identique, sur un grand papier. Nous en couvrirons la boîte du cheval à bascule.

– Qu'est-ce que c'est ?

– Nous appellerons cela du “ papier cadeau ” ! Il faut qu'un présent soit une fête, avant même qu'on ne l'ait ouvert !

– Compris. »

Et les lutins de partir dans la nature pour recueillir les plantes, les pigments, les essences nécessaires pour imiter le modèle d'enluminure du moyen âge.

Lorsque cela fut fait, l'emballage brûlait de mille feux, c'était un spectacle étonnant.

« Le *cadeau* est prêt », dirent les lutins.

Chapitre 10

Où l'on traite d'un article du quotidien le « Cokecuttle Globe »

Les quatre lutins affectés au voyage de Harold changèrent de vêtements et d'apparence comme au temps où ils parcouraient le monde à la recherche du personnage du premier sceau : l'un se fit une barbe et des cheveux blancs, s'habilla avec les habits cossus d'un respectable capitaliste et chaussa des bottines à très haut talon pour se rehausser ; un autre devint un petit garçon espiègle assez proche de Harold, le troisième prit l'allure d'un écolier modèle, le dernier enfin choisit d'être un vieillard ployé par les ans.

Ils partirent bien avant l'aube avec la boîte en bois cloutée qui renfermait le paquet du cheval à bascule, sur un petit attelage à un âne que les lutins s'étaient confectionné eux-mêmes.

Harold fut abasourdi par leur équipée jusqu'à Cokecuttle ; autant l'aller avec Donald Spade avait été fastidieux et lent, autant ce voyage passa comme un éclair : lorsque le Chef avait expliqué qu'autrefois les lutins supportaient la charge des maisons et des champs et qu'ils savaient tout faire pour améliorer la vie des familles, il n'avait pas menti : sans s'arrêter une seule fois dans une auberge, ni même passer par les zones habitées qui jalonnaient la route de l'Écosse au Lancashire, Harold eut toujours un lit pour dormir avec des draps parfumés, des repas gargantuesques ; pas une bête ne vint les inquiéter dans les bois, il ne souffrit ni de la fatigue ni des langueurs du voyage : les lutins étaient partout, s'activaient et réussissaient tout ce qu'ils entreprenaient, tout cela sans s'approcher d'un pas des humains. Les lutins « du logis » étaient aux anges de pouvoir faire démonstration de leurs talents jusque-là mis en hibernation. Harold découvrit à cette occasion qu'ils pouvaient communiquer avec les animaux ! Les lutins employaient un idiome particulier inspiré du fameux *Pouvoir*. Le garçon était très impressionné.

Cependant, les lutins s'inquiétèrent en arrivant près de Cokecuttle. Le ciel se couvrit de gros nuages noirs, la brique rouge envahissait le paysage, l'herbe et les arbres disparaissaient ; il devenait de plus en plus difficile de trouver à manger, de dégager des coins paisibles pour la nuit. Ils n'avaient jamais vu cela.

« Comment fait-on pour vivre par ici ? demandaient-ils. Même les animaux ont fui ! » Les lutins étaient habitués à vivre dans la nature : ils trouvèrent l'air irrespirable et la mine des gens effrayante. Harold lui-même, bien qu'il ait grandi dans ce cadre, ressentit un choc en retrouvant Cokecuttle : la saleté, l'âcreté de l'air, le charbon partout ; c'était comme si le printemps s'était interrompu à quelques milles de là et refusait d'approcher d'un pas supplémentaire. En quelques mois, notre ami avait oublié beaucoup de choses, mais bientôt les façades, les rues, les lotissements nauséabonds lui revinrent en mémoire, ses yeux le piquèrent et la suie sécha sa gorge.

Le garçon et les lutins avaient mis deux jours de moins pour rejoindre le Lancashire que le meilleur train-poste, mais il fallait faire vite : s'abriter, rencontrer Lord Chubblewig pour lui livrer la lettre des enfants de la ferme, trouver Honnêt'Joe, puis disparaître avant que les lutins ne soient découverts par la population : il était nettement plus difficile de se terrer dans des quartiers surpeuplés comme ceux de Cokecuttle que dans les landes sauvages d'Écosse... Harold lui-même devait faire attention à ne pas être reconnu : il avait quitté Cokecuttle en tant que trompeur, voleur et assassin ; il risquait gros si un adulte le reconnaissait et le traînait de nouveau devant l'Assistance publique.

Pour trouver Joe, il se présenta sans espoir au changement d'équipe de Chquire & Sons, comme à l'heure du petit déjeuner dans les combles de la fabrique de jouets (où d'ailleurs il installa son refuge pour garder le paquet du cheval et dormir le soir avec les lutins), il alla partout où il pensait trouver son ami.

Rien.

Pendant ce temps, le lutin vêtu comme un banquier attendit toute une matinée à trotter sans se presser, devant l'entrée du grand bâtiment de l'Assistance publique.

Un vieil homme en sortit qui ressemblait à la description donnée par notre ami : vieux aux cheveux et à la barbe argentés, empreint de bonhomie. Le lutin hésita, il n'était pas parfaitement convaincu que c'était son homme Chubblewig, mais la personne qu'il examinait donna soudain une piécette à une mendiante assise à terre avec son enfant, puis fit une caresse amicale sur la tête d'une petite fille qui vint lui dire bonjour : plus de doute possible, c'était bien le baronnet Milton Chubblewig.

Ce dernier fut collé aux talons par le lutin jusqu'à sa maison. Il habitait en pleine ville une grosse bâtisse ceinturée par quatre murs de briques rouges aussi hauts que ceux d'une usine. Des remparts imprenables. Le lutin vérifia que personne ne le regardait, puis, en quelques bonds dignes d'un personnage extravagant, il se retrouva sur le haut de la muraille. Il fut surpris de ce qu'il aperçut derrière : une maison dans le plus beau style victorien entourée d'un magnifique jardin anglais vert et fleuri. Le contraste avec le reste de la ville était saisissant.

Peu de temps après son retour chez lui, Chubblewig sortit dans le jardin, vêtu d'un tablier vert et armé de quelques outils ; il se mit à s'occuper avec soin de ses plantes, parlant à certaines, déplorant pour d'autres le manque de soleil de Cokecuttle et les dépôts de suie qu'il fallait épousseter des pousses et des corolles pour ne pas qu'elles s'étiolent.

Lord Milton Chubblewig avait passé la plus grande partie de sa vie aux Indes. Devenu veuf sans enfant, il se remaria sur le tard avec l'héritière d'un capitaine d'industrie du Lancashire qui lui donna une fille. Cette seconde épouse n'eut de cesse de réclamer leur retour en Angleterre pour assurer une bonne éducation à son enfant et se rapprocher de sa famille. Chubblewig, qui prenait de l'âge, finit par se laisser convaincre. À son grand dam. Il se retrouva entre ces quatre murs, dans la maison de son beau-père, tyran domestique qui ne vivait que pour ses fabriques et ses profits. Ce déplorable caractère d'entrepreneur despote se révéla bientôt chez sa femme et aussi chez sa fille. Le pauvre homme aux cheveux blancs n'eut bientôt plus que son jardin potager et son siège au Comité de Bienfaisance pour respirer un peu et quitter l'emprise étouffante de ses proches. Tous les matins, il se retrouvait surpris de se réveiller parmi les usines de Cokecuttle et non au bord du Gange ou sur les hauts plateaux du Cachemire. Bien entendu, sa belle-famille poussait des cris d'orfraie dès qu'il proposait d'aller s'installer un peu plus vers la... campagne ! « Si nous quittons notre place, elle sera bientôt prise d'assaut par les socialistes et les révolutionnaires ! Les ouvriers renverseront le pouvoir et saisiront le contrôle de nos usines ! » aboyait le beau-père. Le bon Chubblewig, tout baronnet qu'il était, se demandait parfois si cela ne serait pas une excellente chose.

En bref, Chubblewig s'occupait strictement de ses tulipes et des enfants de Cokecuttle (dans les séances où il ne s'assoupissait pas de bout en bout, évidemment).

Le lutin espion expliqua à Harold l'emploi du temps du vieil homme.

Il fut décidé qu'on placerait la lettre dans un coin du jardin que lui seul pourrait atteindre. La déposer à la porte était trop risqué, quelqu'un pouvait l'ouvrir et la faire disparaître.

Le lendemain, on passa à l'action :

Au pied du mur, Harold fut littéralement *porté* par les lutins dans leurs bonds respectifs jusqu'au haut de l'enceinte de Chubblewig : c'était comme être poussé par des oiseaux ou hissé sur la trompe d'un éléphant. En tous les cas, c'était une sensation tout à fait exceptionnelle. Harold atteignit le sol du jardin par le même principe. Il se glissa entre des essences exotiques importées d'Asie, des fleurs plus hautes que lui ; l'une d'elles était blanche à larges pétales et dégageait un parfum plus fort et plus suave que celui de fruits bouillis. La lettre fut déposée entre ses feuilles. L'enveloppe en papier blanc serait invisible de loin, mais sauterait aux yeux du jardinier. Les cinq compagnons se dissimulèrent derrière une haie d'aubépines entretenue pour paraître « sauvage » alors qu'elle était le produit fini d'un travail méticuleux.

Lord Chubblewig apparut à l'heure dite avec son tablier vert et ses ustensiles de jardinier dans un petit panier de toile. Il fallait désormais qu'il s'intéresse au parterre de fleurs choisi par Harold. Celui-ci, plus camouflé que jamais, endura un long supplice : Chubblewig s'occupa de pétunias et de sa roseraie avant de s'asseoir sur un banc pour souffler et nettoyer une paire de ciseaux. Là, il *s'assoupit* ! Il se mit même à ronfler ! L'un des servants de la maison sortit pour lui mettre un chapeau de paille sur la tête, sans le réveiller. Les minutes s'écoulaient douloureusement pour notre ami et ses quatre lutins. Ils prirent le parti de réveiller le vieil homme. Alors, depuis la haie d'aubépines, un jeu audacieux de lancers de gravillons se mit en place. La distance était longue et il n'était pas question de se rapprocher. L'un des projectiles atteignit le nez de Chubblewig, celui-ci éternua, se gratta l'appendice mais resta endormi. Enfin, à bout de solution, une pluie de caillasses s'abattit subitement sur le chapeau de paille !

« Oui ? » poussa Chubblewig en relevant le front. À n'en pas douter, sa mine stupéfaite l'attestait, il se demandait une nouvelle fois où avait bien pu disparaître son beau paysage des Indes tant chéri. Le vieil homme soupira, oublia son rêve et se releva. Harold retint son souffle. Mais l'homme prit une mauvaise direction ! Las, il n'y eut plus d'autre solution :

« Lord Chubblewig ! appela-t-il. Monsieur, par ici, s'il vous plaît. »

L'homme se retourna.

« On m'appelle ? »

Il regarda partout sans voir personne. Alors Harold leva timidement la main. Les quatre lutins se cachèrent davantage.

« Mais c'est un petit garçon, dit-il en voyant l'enfant accroupi ! Que fais-tu là, mon petit ? Tu es tombé du ciel ? Pourquoi te caches-tu ? Lève-toi, voyons.

– Non, monsieur, je préfère que l'on ne m'aperçoive pas avec vous.

– En voilà une idée. Que risques-tu ?

– Eh bien... je risque la prison sur l'île de Norfolk dans le Pacifique, vous vous souvenez, monsieur ?

– Comment ? C'était toi le minot qu'on disait être un assassin et qu'on voulait pendre ? Mais que fais-tu là ? Où étais-tu ? Pourquoi n'es-tu jamais venu te présenter le lendemain de ton évaluation ?

– Je me suis présenté, monsieur !

– Ah bon ? Et je n'étais pas là ?

– Si, monsieur. Vous étiez présent.

– Du diable, si j'y comprends quelque chose ! »

Alors Harold indiqua où se situait la lettre des enfants de la ferme.

« Vous comprendrez, je crois. »

Chubblewig la saisit mais lorsqu'il revint pour l'ouvrir devant l'enfant, celui-ci avait disparu !

« Petit ? Petit ? Hé, petit ? »

Il eut beau faire le tour du jardin, Harold s'était volatilisé.

Le premier objectif de notre ami atteint, le second était de retrouver son compagnon Joe.

Harold vissa sa casquette sur son front pour ne pas être reconnu et longea les murs de Coke-cuttle jusqu'à la maison d'Emma. Si Joe était alité, il ne pouvait être qu'auprès de sa tendre sœur. Harold arriva devant la misérable case qui leur servait de logis. L'ancien apprenti ramoneur avait oublié combien ici tout était petit, tassé, étroit et sans air. Avant de connaître les campagnes d'Écosse, il n'imaginait pas qu'on puisse vivre ailleurs que dans ces baraques sales et basses, des tanières.

Il frappa timidement à la porte. Cette dernière s'ouvrit d'un coup sur un homme mal rasé, le cheveu hirsute, en bras de chemise, empestant l'ale et la bière. Harold reconnut le mari d'Emma, tortionnaire dont les pratiques domestiques avaient été maintes fois décrites par le petit Joe.

« Avec votre permission, monsieur, est-ce que je peux savoir si Joe est dans votre maison ?

– Bah ! Joe, mon garnement, il n'est plus *là* maintenant ! »

Il avait tant appuyé sur ce « là » qu'il fit frissonner Harold. Voulait-il entendre que le petit n'avait pas survécu ?

« Et... et Madame Emma ? Je pourrais la voir, monsieur, s'il vous plaît ?

– Crénom, petit, elle non plus, elle n'est plus *là* ! Aussi vrai que tu me vois derrière ma porte ! »

Nouveau frisson pour Harold. Serait-elle morte de chagrin après la perte de son frère ? Le buveur reprit :

« J'ai chassé ces fainéants de mon toit pas plus tard qu'il y a un mois. Et qu'ils n'y reviennent pas, ils sont prévenus ! Le gamin, il est tombé malade. Cloué au lit toute la journée à transpirer et à user mes draps. Plus capable de laver une cuillère ! Et la sœur ? En larmes, tout pareil ! Collée à son oreiller à pleurnicher, comme si cela pouvait empêcher un poil de pousser ! Deux fois, que ma soupe, elle était froide à mon retour de la fabrique. Deux fois ! T'entends ça, petit ? J'ai renvoyé ces incompétents à la rue. Qu'ils aillent bayer aux corneilles ailleurs que sous mon toit ! »

Aussi cruelle que fût la nouvelle de leur expulsion, Harold en fut soulagé et l'homme le vit sourire.

« T'es un simplet d'esprit ou bien ? Pourquoi ris-tu comme ça ? Tu entends ce que je te dis ?

– Oh oui, monsieur, reprit Harold avec le plus grand sérieux. Vous avez bien eu raison. Comment ? Une soupe froide et un enfant malade ? Rendez ça à la rue ! Ils ne méritaient pas mieux ces chenapans ! Profiter ainsi de votre générosité ! Je vous fais mes compliments ! »

L'homme sourit à son tour, satisfait d'être louangé ; il donna une tape sur le front de Harold.

« C'est bien. Tu es un sage, petit. Sur ces principes-là, crois-moi, tu iras loin. »

Oui. *Loin de chez toi !* voilà ce que pensa Harold en fuyant la maison de ce furieux imbibé d'alcool.

Mais il fallait désormais compter sur le pire. Une femme et un enfant malade ne survivaient pas longtemps sans ressource dans les rues de Cokecuttle.

Harold partit voir l'administrateur de la fosse commune de Cokecuttle. C'était un personnage étonnant : en dépit de son statut social qui laissait tout craindre de son tempérament, l'homme était en fait un ancien agent de change d'une banque distinguée de Preston qui avait été renvoyé de son poste à cause de sa manie de vouloir se joindre à tous les enterrements de la ville. Cette funeste lubie en avait fait un bonhomme curieux, inquiétant, que les clients de la banque craignaient à chaque rencontre, jusqu'à refuser bientôt d'être servis par lui. Un caractère qui fréquentait si volontiers la compagnie des morts et des familles en deuil risquait fort de porter malheur à ceux qui l'approchaient : n'en était-il pas à regretter le talent des médecins et le manque de décès qui le privaient parfois de funérailles à suivre en fin de semaine ? L'homme quitta Preston pour trouver ce poste à la fosse commune de Cokecuttle. Depuis lors, il était le fossoyeur le plus heureux du monde. Cet original s'était mis en tête que la mort était une chose excellente, peut-être même la meilleure qui puisse arriver à l'homme au cours de son existence ; il voyait en elle une libération, un retour à la vraie vie dont notre naissance nous avait cruellement exilés. Cette drôle de philosophie, il ne l'avait apprise de personne, elle lui était tombée dessus un matin, comme une évidence, en attendant une diligence sous la pluie à Preston. Comme quoi, tout arrive. Mais ce qui rendait ce personnage surprenant, hormis son éternelle bonne humeur dans un cadre qui réclamait plus de circonspection, c'était qu'il avait gardé sa tenue élégante d'agent de banque et les manières polies et les tournures de phrases à la syntaxe impeccable dignes de son emploi antérieur. Il était très grand et très maigre ; un véritable héron en habit noir et aux cols pointus. Cela dit, Monsieur Digdig – c'était son nom – vous recevait dans son bureau avec une grâce inattendue et toujours renouvelée :

« Eh bien, mon jeune petit, dit-il à Harold, que puis-je pour toi ? »

Cela faisait longtemps qu'un adulte ne s'était pas adressé à notre ami autrement que par des injures ou des aboiements. Harold fut tout surpris de voir cet homme souriant qui ne le regardait pas comme un vulgaire tas de bourbe.

« C'est-à-dire, monsieur, que je ne sais pas encore... Je cherche un ami. Et sa sœur aussi, peut-être.

– Deux âmes que Dieu a voulu rappeler à lui ?

– S'il vous plaît de le dire ainsi. Mais je ne le préférerais pas.

– Voyons cela. »

Monsieur Digdig avait gardé l'excellente règle de tenir des registres exacts sur tout ce qui s'accomplissait dans sa fosse. Il sortit deux livres.

« Voyons pour le petit. »

Harold aperçut avec chagrin que le plus volumineux des registres était celui qui tenait compte des morts enfantines de Cokecuttle.

« C'est un garçon de dix ans. Il s'appelle Joe. Honnêt'Joe », dit-il.

Monsieur Digdig secoua le front :

« Les défunts qui arrivent ici sont toujours *anonymes*. Je reçois les malheureux qu'on repêche dans l'estuaire, qu'on trouve sous les ponts ou sur le bord des routes. Ils sont souvent sans famille et sans ami pour aider à les identifier. Aussi, dans ce registre, je m'évertue à consigner le plus de détails possible afin de permettre à des proches de les reconnaître, plus tard : couleur des cheveux, des yeux, la taille, les derniers vêtements, une particularité, une marque sur la peau ou dans la dentition. »

Harold frémit et songea qu'il avait bien fait d'épargner cette fin au Falou. Sans nom, sans cérémonie, dans un trou avec d'autres inconnus...

« Dis-moi, demanda Digdig, à quand remonte la disparition de ton ami ?

– Pas plus de trois semaines, je pense.

– Bigre, cela fait du monde encore. Voyons ce que nous avons là. »

Ensemble ils passèrent en revue les caractéristiques enregistrées sur le cahier. Mais rien ne correspondait formellement à la description de Joe. À chaque enfant d'un âge équivalent à son compagnon, Harold sentait un pincement au cœur, puis un furoncle sur le nez, un bec de lièvre ou un doigt en moins venaient le délivrer. Monsieur Digdig était presque *peiné* de n'avoir pu trouver l'ami de Harold :

« Si tu viens pour le chercher ici, c'est que ce petit doit être en mauvaise posture sur cette terre... Je prierai dès ce soir pour qu'il la quitte au plus vite ! »

Harold bondit à cette démonstration douteuse de la philosophie de Monsieur Digdig.

« Il y a toujours de l'espoir, répondit-il faiblement.

– Tu as bien raison, dit l'homme en pensant que Harold abondait dans son sens. Surtout dans le Lancashire. C'est pour cela que je m'y suis installé. Excellent taux de mortalité ! Le meilleur d'Europe ! »

Harold ne répliqua pas devant cette statistique. Honnêt'Joe n'était vraisemblablement pas à la fosse, c'est tout ce qui importait. Après examen, Miss Emma semblait elle aussi épargnée. Harold quitta Digdig et ses registres cafardeux.

Restaient les rues de Cokecuttle.

Emma et Joe n'avaient nulle part où aller.

Où les trouver ?

Alors qu'il retournait indécis à son abri de la fabrique aux jouets, les lutins lui apprirent une excellente nouvelle : après avoir inspecté la prison, le lutin-écolier avait réussi à monter sur les toits de l'hôpital voisin et découvert un petit enfant inconscient veillé sans interruption par sa sœur. Harold bondit à l'endroit et observa à son tour à travers une lucarne du dernier étage. Il reconnut Joe et Emma !

Il fallait à présent pénétrer dans l'établissement et lui porter le cheval à bascule.

L'affaire se conclut la nuit suivante.

Harold accomplit le tour de l'hôpital, en vain : toutes les issues étaient fermées de l'intérieur. Il décida alors de monter au sommet du principal conduit de cheminée de l'hôpital et de s'y laisser glisser. Sans corde ni harnais, il joua des genoux et des coudes pendant plus d'une dizaine de mètres : les lutins le regardèrent faire, effarés par son audace !

Arrivé dans un immense dortoir, Harold souffrit le martyre en se retenant de tousser à pleins poumons. Il dut aussi attendre que le picotement de ses yeux cesse complètement. Il se glissa ensuite entre les lits pour trouver la sortie de la salle, essayer d'atteindre une porte sur l'extérieur et laisser entrer ses compagnons et le précieux paquet.

L'hôpital était bondé, notre ami circulait auprès de vieillards qui bavaient des filets de sang, de femmes gémissant dans leur sommeil, d'enfants blessés et d'hommes à moitié morts qui fixaient le plafond avec des yeux déjà absents. Une abominable odeur de plaies infectées et d'urine flottait dans la pièce. Harold craignait qu'un des patients ne se lève et se mette à hurler en voyant un inconnu passer devant lui. Mais rien ne se fit de la sorte, sinon un drôle de personnage, complètement nu, un aliéné qui courait les bras en l'air dans les couloirs en murmurant qu'un diable le pourchassait partout pour le dévorer tout cru. L'homme était rachitique, ses os saillaient atrocement sous sa peau ; sans doute s'astreignait-il à un régime alimentaire des plus sévères par précaution, pour paraître le moins *appétissant* possible à son ogre de diable...

Harold passa devant la loge des trois gardes-malades. C'étaient trois femmes bien rondes, l'une d'elles dormait sur une chaise, pendant que les deux autres s'affrontaient dans une partie de gin-rummy. La course effrénée du fou dans les couloirs dissimula les bruits de pas de Harold et l'ouverture grinçante d'une porte au rez-de-chaussée. Les quatre lutins étaient là. Ils entrèrent avec la boîte au jouet puis tous montèrent au dernier étage, celui des cas dits *désespérés*, comme le lut Harold sur la porte d'accès.

La chambre de Joe n'en était pas une, c'était un insalubre comble avec un lit, une tablette et une chaise apportée pour qu'Emma puisse pleurer à son chevet. Sans doute payait-elle ce réduit avec le peu d'économies qu'elle avait réussi à dissimuler à son détestable mari. Les murs étaient lépreux et humides, un mauvais courant d'air sifflait entre les solives du plafond mal fermées. Un enfant fiévreux était assuré de succomber au bout de quelques nuits d'un pareil traitement. Lorsque Harold se présenta, Joe était toujours inconscient et Emma se tenait endormie, la tête posée sur son avant-bras, tout près de son frère. Une lumière de lune entrait péniblement par la lucarne, tout était bleu et froid : s'il n'y avait eu le sommeil agité de l'une et la respiration difficile de l'autre, on les aurait pris pour deux macchabées.

Sans faire de bruit, Harold et les lutins dégagèrent le colis du cheval à bascule de sa boîte de bois. Son magnifique papier cadeau parut presque illuminer la pièce comme une lampe, avec ses arabesques de couleurs. Dans le beau nœud, notre ami avait glissé une petite enveloppe.

Sachant que Joe était inconscient et qu'il ne pouvait reconnaître personne, Harold s'était longuement interrogé sur ce qu'il devait mettre dans le mot. S'il le signait de son nom, le Comité d'Assistance publique risquait de s'en mêler en apprenant la nouvelle et de réquisitionner le cheval sous prétexte que Harold Gui s'était enfui et restait débiteur de plusieurs guinées. Il fallait penser à tout. Aussi Harold fit-il un mot simple, mais que Joe, s'il se réveillait, devrait parfaitement entendre :

Pour Honnêt'Joe. De la part du quatrième Roi Mage, celui qui distribue ses cadeaux aux enfants malheureux....

« Doit-on réveiller la sœur ? demanda le lutin banquier.

– Non, dit Harold. Laissons-la se reposer, elle en a bien besoin. »

Il s'approcha du lit et déposa un baiser sur les fronts de Joe et d'Emma.

« Allons-nous-en. »

Le lendemain, Harold résolut de fuir Cokecuttle pour ne plus courir le risque que les lutins soient démasqués par la population.

Mais ce que Harold ignorait en quittant Cokecuttle, c'était qu'une petite révolution se mettait en place autour de son cheval à bascule et qu'elle allait bientôt gagner tout le pays.

Le lendemain matin de son passage à l'hôpital, Miss Abe McCormick, chef des gardes-malades, fit comme chaque jour sa ronde d'inspection dans les services de l'établissement. Cette dame habillée d'une blouse blanche et d'un petit bonnet de la même couleur n'avait rien d'un ange ; elle était même terrifiante et crainte. Elle passait entre les rangs avec son cahier et son crayon et notait les décès de la nuit ou les patients à placer désormais à l'étage des désespérés. Elle avait un caractère tranchant et ne manquait jamais de vilipender les malades qui avaient le mauvais goût de lui donner du travail ! Ce matin, de plus mauvaise humeur que jamais – elle s'était fait laminer à la partie de cartes de la nuit dernière – elle arriva dans le couloir qui menait à la chambrée du petit Joe. Sa porte était ouverte. Miss McCormick s'arrêta et fronça les sourcils.

« Qu'est-ce que c'est que ça ? » gronda-t-elle.

Une étrange lumière se dégageait de la pièce et se déversait dans le couloir. Elle était vive et très colorée. McCormick, qui n'aimait pas l'inattendu, s'apprêtait déjà à tempêter l'une de ses fameuses colères lorsqu'elle se mit dans l'encadrement de la porte. Mais là, elle n'en crut pas ses yeux. Une boule de lumière inondait la pièce au pied du lit de Joe. La lumière du soleil entrée par la petite lucarne se réfléchissait partout comme à travers un immense diamant ! Miss McCormick en resta béate de stupéfaction. Soudain elle poussa un cri, persuadée qu'elle assistait à un prodige divin ! Un bûcher ardent ne lui aurait pas tiré des hurlements plus aigus. Ils réveillèrent la tendre Emma qui dormait toujours auprès de son frère. McCormick détala aussi sec, inquiète que la lumière ne la consume tout entière, ou la rende aveugle comme dans la Bible. Elle courut si bien dans les couloirs qu'on se retrouva, l'aliéné nu compris, avec deux insensés hurlant entre les étages. Ce n'était plus un hôpital mais un hospice de fous. La garde-malade prévint ses consœurs qu'un prodige se déroulait à l'étage des désespérés.

« Il faut appeler le Lord-maire, la police, les sapeurs-pompiers, l'armée de Sa Majesté ! »

Daisy Petitmarron, garde-malade en second, décida elle d'envoyer un enfant prévenir un sien neveu qui travaillait depuis peu à la rédaction du *Cokecuttle Globe*, le meilleur quotidien de la ville. Si prodige il y avait, cela pourrait faire un bon papier pour lui et aider à son avancement.

Comme souvent dans ces occasions, le jeune reporter arriva bien avant les autorités. Le garçon voulut tout de suite monter pour voir ce qui se passait et en avoir le cœur net. Poussées par la curiosité, les trois gardes-malades le suivirent.

Dans la chambre de Joe, la lumière s'était atténuée : ils découvrirent une Emma qui riait aux larmes en dansant de joie, et le petit garçon juché sur un magnifique cheval à bascule ! Lui aussi tout sourire. Peu avant, les cris de surprise de sa sœur à la découverte du présent mystère posé au pied du lit, puis l'ouverture du papier lumineux et l'apparition du cheval à bascule avaient *réveillé* le petit garçon, pourtant inconscient depuis plusieurs semaines ! Le phénomène était sans précédent : l'enfant retrouva ses esprits en quelques minutes. Dans l'encadrement de la porte, Miss McCormick dit le mot qu'il fallait : « C'est un miracle ! »

Un miracle ? Le jeune reporter avait son article à sensation !

Emma lut la carte qui avait été déposée avec le présent. Elle était signée du quatrième Roi Mage. Joe avoua au journaliste du *Cokecuttle Globe* qu'il venait de recevoir le jouet dont il avait rêvé toute sa vie ! Joe disait savoir d'où il venait : il raconta dans le détail l'histoire de ce *quatrième Roi Mage* égaré, parti trop tard pour rejoindre le petit Jésus et qui sillonnait depuis le monde en distribuant des présents aux enfants.

Le cheval à bascule fut photographié et publié en première page ! On en chercha vainement le fabricant d'origine. L'article du neveu de la garde-malade, qui se voulait n'être qu'un coup de presse, dépassa très vite les attentes de son auteur et du rédacteur en chef du journal : il fallut publier une seconde édition en milieu de journée tant le miracle faisait parler de lui ! Ils avaient compté sans une force d'entraînement et de publicité sans équivalent : les enfants. La nouvelle du passage du *Roi* ne fit qu'une traînée de poudre dans la ville. Elle fut si vive que la rédaction du *Cokecuttle Globe* dut répondre rapidement à une question primordiale :

« Les Rois Mages ? pesta le rédacteur en chef. Les trois que nous connaissons s'appellent Gaspard, Melchior et Balthazar. Et celui-là ? Le quatrième ? C'est quoi son nom ? »

Gros débat entre les journalistes.

Comme la légende racontait que les Rois Mages avaient pris la route le jour de la naissance de Jésus et que Joe disait que celui-ci avait « raté » le départ, la naissance de Jésus étant le jour de Noël, on s'accorda pour appeler ce nouveau personnage le Roi Noël.

« Gaspard, Melchior, Balthazar et Noël ? Ça fera l'affaire ! C'est très bien ! » conclut le rédacteur en chef qui tenait son titre du prochain numéro.

Les autres quotidiens reprirent l'information, des messages télégraphiques furent envoyés dans tout le pays pour confirmer la fabuleuse nouvelle. Les enfants n'eurent bientôt plus que le nom du Roi Noël à la bouche et rêvaient de le voir passer chez eux avec leur jouet favori.

Harold ignorait tout cela. Il entendit seulement à l'Auberge du Roman, alors qu'il était déjà en route avec les quatre lutins pour rejoindre l'Écosse, l'aubergiste, sa femme et leurs deux enfants qui parlaient d'une drôle d'histoire à l'hôpital de Cokecuttle : un petit garçon se serait réveillé, guéri d'un long mal en recevant un cheval à bascule... La nouvelle que le petit Joe allait mieux était tout ce qui lui importait.

Les lutins réussirent à se procurer un exemplaire d'un quotidien qui montrait en première page la photographie de Joe juché sur son cheval à bascule. Ils en furent très impressionnés.

« C'est très beau ce que nous avons fait là, dirent-ils. Sauver un enfant. Lui rendre le sourire... Que souhaiter de plus ? »

*

En matière de miracle, si celui du Roi Noël échappait à Harold, un autre prodige attira son attention. Un miracle peut-être tout aussi incroyable !

Peu avant son arrivée à la ferme des Parrott, Harold fut mis au courant par le postillon de ce qui s'était passé en son absence : le baronnet Milton Chubblewig n'avait pas perdu de temps après la lecture de la lettre déposée dans son jardin ! Hors de lui en découvrant que les Bureaux de Bienfaisance et autres Comités d'Assistance publique de sa région n'étaient en fait que de honteux organismes qui exploitaient les enfants, il fit un scandale mémorable à la Chancellerie, ordonna à une quinzaine de gendarmes de le suivre et fondit sur la ferme des Parrott ; là il constata amèrement que la lettre où les enfants décrivaient les abus et les molestations qu'ils subissaient n'était pas un « tissu de farces » comme le proclamaient les divers Comités cités plus haut. Il mit les Parrott aux arrêts et ordonna que tous les enfants soient confiés à des familles triées sur le volet afin de leur offrir une jeunesse décente ! Se voyant partir vers la prison, Maître Parrott chargea tout sur le dos de sa sœur, Miss Parrott de Cokecuttle. Ses aveux donnèrent plus de poids encore à la lettre de Harold. Là aussi, la presse s'en mêla. En moins de temps qu'il n'en faut pour l'écrire, Lord Chubblewig fit emprisonner Miss Parrott et elle fut condamnée à croupir le restant de ses jours sur l'île de Norfolk. L'horrible femme ne cessa de pousser des hurlements et des insultes tout au long de son procès ! Lorsqu'elle apprit que son frère l'avait dénoncée, il fallut trois agents de l'ordre pour empêcher qu'elle ne l'étrangle à mort ! Elle avait les yeux injectés de sang et bavait comme une bête.

« C'est la fin du monde, criait-elle. L'Apocalypse ! Si quelqu'un comme moi (elle hurlait *Mouaaaah* !) est condamné, c'est signe que la fin des temps est échue. Quelle injustice ! Dieu va descendre pour vous punir tous ! Dieu va descendre, je vous le dis ! »

En attendant que Dieu se manifeste, Miss Parrott fut, elle, descendue dans le fond de cale d'un navire avec son frère et Donald Spade, en route pour les eaux lointaines du Pacifique.

Lord Chubblewig, quant à lui, fit tant d'éclats à la Chambre des communes qu'elle diligenta aussitôt une enquête à travers le pays pour recenser les cas similaires à la ferme des Parrott. Des milliers d'enfants furent sauvés d'un esclavage abject. Sur sa lancée, aussi fougueux qu'au temps de ses vingt ans, Lord Chubblewig annonça tout de go à son épouse qu'il voulait le divorce immédiat et qu'il refusait de mettre encore un seul pied dans l'horrible maison de l'horrible ville de son horrible famille d'horribles exploiteurs ! ! Pendant de longues années encore, dans sa paisible vieillesse, Lord Chubblewig devait remercier en pensée ce petit garçon tapi derrière sa haie d'aubépines et qui avait fait tant de bien autour de lui sans le savoir...

Dans le même temps, la preuve de l'existence du Roi Noël fut si bien faite et colportée qu'elle atteignit même le bureau de travail de Sa Gracieuse Majesté, que des bateaux partirent dans tout l'Empire pour relater les faits, et que l'aventure du petit Joe et du Roi Noël fut traduite dans toutes les langues !

Mais ce n'était pas tout. Loin s'en faut.

Harold et les lutins retournèrent paisiblement dans la cache secrète sous le pommier. Notre ami se demandait de quoi son avenir serait fait. Où irait-il maintenant ? Que choisir ?

Grâce à Dieu, il n'eut pas longtemps à s'interroger sur ce sujet.

Dans la grotte aussi régnait une nervosité inhabituelle. Harold raconta l'expédition réussie de Cokecuttle, les quatre lutins, eux, parlèrent abondamment de la fabrique de jouets où ils avaient dormi. À l'insu de Harold, ils en avaient profité pour inspecter de fond en comble cette étrange usine : ils décrivaient merveilles après merveilles pour leurs frères lutins : des petits trains, des pantins et des maisons de poupée, des châteaux à construire, des peluches d'éléphant, de serpent, de crocodile, et la grosse machine à vapeur qui servait à manœuvrer le tapis roulant au long duquel les ouvriers travaillaient à leurs tâches respectives. La colonie de lutins s'enthousiasma pour cette découverte ! Avec un tel procédé, ils pourraient faire la même chose, voire beaucoup mieux ! L'excitation était telle que tout le monde parlait en même temps : « C'est formidable ! », « Nous devrions faire la même chose » ; « Puisque nous devons rester sur cette terre, nous pourrions produire des jouets et si jamais plus les adultes ne croiront à notre présence, les enfants de monde entier, eux, nous adoreront et nous fêteront ! Bravo ! Bravo ! »

Les cinq voyageurs furent longuement acclamés. Ensuite, le Chef expliqua ce qui se déroulait ici.

Pour mieux le laisser entendre, il apporta le grimoire magique, encore fermé par les deux derniers sceaux. Depuis le départ de Harold, le troisième s'était mis à frémir, insensiblement ; il perdit sa pellicule de poussière et de saleté accumulée au cours des siècles. Le sceau se révéla être en or massif et scintillait de plus en plus à mesure que les jours passaient et que le retour de Harold se précisait. Aujourd'hui, le sceau vibrait comme jamais. Le Chef demanda à Harold de s'avancer. Notre ami obéit, lentement. Il l'examina, si net et si limpide qu'il vit son visage en reflet.

Le sceau se secoua une fois encore et il s'ouvrit !

Le silence envahit la grotte des lutins.

Le Chef, pâle, s'approcha à son tour et, après beaucoup d'hésitations, ouvrit la partie du livre libérée. Harold et lui se penchèrent pour lire la nouvelle page. Le visage du Chef s'illumina, il souriait littéralement d'une oreille à l'autre.

Le garçon, lui, blêmit. Interloqué.

Alors le Chef se retourna vers l'assemblée :

« Mes amis, écoutez-moi !... »

Troisième partie

Chapitre 1

Dans lequel le lecteur va devoir patienter un peu avant de comprendre ce qui se déroule sous ses yeux

À l'ouest, un océan.

Au sud et à l'est, une puissante forêt de sapins, des montagnes, des précipices, des éperons rocheux, des fjords.

Au nord, un glacier. Gigantesque. Un rempart impossible.

Il faisait nuit. Mais pas nuit noire, nuit bleue, un peu mauve, un peu verte aussi, un crépuscule qui tarde.

Nulle part des vies humaines.

Ou presque.

Une lueur.

Une seule.

En approchant par-dessus la forêt, on pouvait distinguer enfin un chemin dessiné par l'homme, et sur ce chemin, une petite cabane. Son toit aigu était légèrement pris par la neige. La lumière provenait de son unique fenêtre. Une cheminée laissait filer un trait de fumée, un trait net et droit dans la nuit sans vent. Il était comme la volute parfaite de la pipe d'un marin, lorsque ce dernier sait, en dépit de l'eau paisible, que la tempête est déjà là.

Approchons de cette cabane perdue.

Près du seuil, trois chiens se blottissent pour combattre le froid, leurs lanières et leurs guides assujetties à un petit traîneau. Il neige faiblement.

Derrière la porte, nous retrouvons une dizaine de lutins. Il y a peu de meubles, une table ronde et trois tabourets. Dans l'âtre, crépite une bûche sur un lit de pommes de pin. Les lutins s'éclairent avec deux lampes à huile qu'ils gardent à la main. Ils parlent peu. Ils se regardent les uns les autres comme s'ils attendaient un grand personnage ou un événement.

Quelque chose avait changé chez ces protagonistes depuis que nous les avons quittés six mois plus tôt, dans leur grotte d'Écosse. D'abord ils avaient transformé leurs vêtements, ou plutôt ils ne s'habillaient plus avec ce même uniforme de couleur brune : ici, nous trouvions des lutins vêtus dans les tons rouges, d'autres en vert, bleu et blanc, et même noir. Ensuite, ils avaient perdu cette rondeur du ventre que des siècles de repos leur avaient infligée. Enfin, ils étaient d'un sérieux et d'une concentration qui tranchaient avec la conduite toujours rieuse de leur caractère.

Mais que faisaient-ils ?

Le lutin vêtu de noir était dans un état d'excitation avancé. Il portait une paire de lunettes, une blouse grise d'ingénieur et avait déposé son chapeau pointu. Il serrait des feuillets entre ses mains et tournait en rond dans la cabane. Les autres lutins accomplissaient une sorte de ballet en s'écartant pour lui livrer passage. Les feuillets du lutin aux lunettes étaient couverts d'équations mathématiques, de schémas, de ratures et de points d'exclamation.

« Allons, que fabrique-t-il ? » pesta-t-il avec impatience.

Au même moment, la porte de la cabane s'ouvrit et tous les lutins soufflèrent.

Un onzième lutin apparut. Il était recouvert de peaux et portait une soucoupe en verre, partiellement remplie de neige.

« J'ai mis du temps à récupérer ce que vous me demandiez, dit-il. Voici de la neige pure, tout juste tombée, elle n'a pas touché le sol, ni effleuré un arbre, comme convenu.

– Bien, bien, dit le savant tout animé. Dépêchons, il ne faut pas que l'air ni la tiédeur l'altère. Donne vite ! »

Le lutin s'exécuta puis referma la porte.

Le savant s'approcha de la table ronde et monta sur une bûche pour être à la hauteur. Il posa la soucoupe et ses feuillets.

Sur la table trônait une drôle de machine. On n'aurait su dire si c'était un établi de chimiste (puisqu'il s'y trouvait un alambic avec ses cucurbites et ses serpentins) ou un atelier d'ingénieur en mécanique (puisqu'il s'y trouvait une tête en fer reliée à une bielle huilée, un piston et des bras pivotants). Cette création ne ressemblait à rien de ce qu'on pouvait connaître dans ce monde et à cette époque.

Le lutin pesa une quantité de neige dans une cuillère, avec les scrupules d'un marchand d'or. Il l'introduisit ensuite dans le serpentin supérieur de l'alambic, en la déposant sur de l'eau pure.

Tous les autres le regardaient faire comme s'il s'agissait de la plus grande merveille du monde.

Et pour cause.

La neige fondit au contact de l'eau, mais ne disparut pas ; elle laissa un résidu rosâtre dans l'eau, infime.

« Je le savais », murmura le savant.

Alors les particules roses descendirent lentement le long des degrés de l'alambic...

« Je le savais », répéta-t-il, fébrile.

... pour finir dans la cucurbite de verre sous laquelle avait été allumée une petite flamme. Aussitôt l'eau en ébullition dégagea une fumée blanche...

« Je le savais ! » insista le lutin.

... on entendit comme une sirène de machine à vapeur et soudain les bras mécaniques se mirent en mouvement !

« Je le savais ! ! » hurla le savant en pirouettant sur lui-même et en manquant de tomber de sa bûche. « Cela marche ! ! Cela marche ! ! Cela marche ! ! »

Mais de quoi pouvait bien parler ce curieux personnage ?

Il n'est malheureusement pas temps ici d'une longue explication, mais plutôt d'abandonner à leur liesse le savant et ses complices, et de suivre l'un des lutins qui s'était précipité hors de la cabane aussitôt l'évidence faite que le procédé « marchait ».

Il sortit et bondit sur le traîneau. D'un cri et d'un coup sonore de longe, il tira les trois chiens sur leurs pattes et les lança dans la forêt noire.

« Allez ! Allez ! »

Un lutin ne pèse guère, aussi l'attelage bondit-il avec une vigueur étonnante.

Il fonça dans la nuit. Ses patins soulevaient des gerbes de neige à chaque tournant, les chiens soufflaient et l'on discernait dans la semi-obscurité la vapeur qui se dégageait de leurs gueules.

« Allez ! Allez ! »

Il ne voulait pas perdre un instant, pas une seconde.

Il parcourut ainsi plusieurs lieues avant d'être brutalement arrêté par quatre lutins sortis des bois et qui tenaient des arcs et des flèches dans les mains.

« On n'avance plus ! prévinrent-ils.

– Mais je viens de la cabane des chasseurs ! J'ai une grande nouvelle à annoncer à Harold. Je dois le voir tout de suite !

– Sans doute, sans doute, mais pas avec ton traîneau. Harold est déjà très avancé. Si tu t'approches avec tes chiens, *ils* pourraient les sentir.

– *Ils* ? *Ils* sont là ? Vraiment ?

– Oui. Tous présents pour une fois. »

Le lutin messager descendit de son traîneau, visiblement très affecté par la présence de ces *Ils*.

« Par ici, lui dirent les gardes. Tu vas tomber plus loin sur la clairière. Mais ne fais aucun bruit. »

Et le lutin pénétra à pied dans la forêt.

D'ordinaire, lorsque le lecteur s'aventure seul dans une forêt, au crépuscule, il n'est pas rare qu'il se pétrifie sur place, de temps à autre, sentant avec inquiétude que *tout* est vivant autour de lui, qu'il se produit des choses dans cette forêt obscure qu'il ne peut voir mais qu'il sent avec conviction. Eh bien, là, c'était l'inverse ! La forêt, elle, semblait retenir son souffle, attendre avec inquiétude, deviner qu'il « se passait quelque chose cette nuit » dont elle allait être le témoin. Pour comprendre ce que cela signifiait, il faut imaginer des hiboux qui s'interdisent de ululer, des loups qui regardent marcher notre lutin en baissant les oreilles, des écureuils qui n'osent plus se faire les dents, et des arbres qui tentent d'empêcher la neige de tomber en paquets de leurs branches.

Le lutin croisa des compagnons, tous lui firent signe de parler bas. Il disait : « Je viens de la cabane des chasseurs » et on le laissait continuer.

Ainsi il atteignit la clairière.

En fait elle n'avait rien de *clair;* à peine dégagée, engoncée en plein cœur de la forêt, il était difficile de voir ce qui s'y déroulait. Le lutin messager approcha de dizaines de lutins qui attendaient en guettant, sans bouger, comme des soldats. Eux aussi portaient des arcs et des flèches. Harold n'était pas loin, à côté du Chef.

Notre ami était couvert de peaux pour se protéger du froid. Il avait de grosses bottes fourrées et un bonnet de poils sur la tête. On aurait dit un petit ourson.

Le messager voulut lui dire un mot mais on l'arrêta, arguant que ce n'était pas le moment. Le lutin patienta.

« Est-on sûr qu'ils soient bien ici ? demanda Harold au Chef en désignant la clairière. Je ne les vois pas. »

Et en effet, la lune n'étant pas encore levée, on ne distinguait rien, pas d'ombre, pas de silhouette, seulement une étendue sans forme. Le lutin messager regarda à son tour et dut bien admettre qu'il était impossible de se faire la moindre idée de la situation.

Le Chef se tourna vers un écureuil gris qui attendait près d'eux et lui posa une question dans cette langue curieuse qu'entendaient tous les animaux. La petite bête sursauta, haussa les épaules et secoua plusieurs fois la tête d'un mouvement rapide, répondant dans son idiome d'écureuil qu'il fallait arrêter de le prendre pour un rêveur, qu'il voyait très bien dans la nuit et qu'*ils* étaient là sous ses yeux en ce moment. Là, *là*, insistait-il en tendant ses petits bras !

« Il confirme leur présence », répondit le Chef à Harold. Et ils sont bien huit. Les huit derniers de leur espèce. L'occasion est unique. La lune est encore basse, derrière les arbres ; elle ne va pas tarder à se lever. Alors nous pourrons savoir où *ils* se situent et lancer notre expédition. »

Harold vit les arcs et les grands filets que tenaient les lutins autour de lui.

« N'y a-t-il pas d'autre solution ? C'est un enlèvement tout de même...

– Nous n'avons pas le choix. Ils refuseront de nous entendre, c'est certain. *Ils* se terrent depuis trop longtemps, et sont persuadés que tout le monde les a oubliés ; nous leur ferions trop peur. Il faut les surprendre ou ils disparaîtront immédiatement et nous ne les retrouverons plus. Vous savez combien ils nous sont *indispensables*.

– Oui. Mais je n'aime pas beaucoup cela. Je n'ai jamais fait une chose pareille...

– ... depuis notre départ d'Écosse, y a-t-il quoi que ce soit que nous ayons déjà fait, Harold ? »

Les lutins étaient repartis tout autour de la clairière. Chacun attendait que la lune se montre et l'ordre de Harold pour passer à l'action.

Le messager profita de ce temps pour annoncer à ses chefs la réussite de l'expérience de la cabane des chasseurs. Il s'attendait à un cri de joie (même contenu), à des félicitations, il n'eut qu'un « très bien » pour réponse. Décidément, ce n'était pas le moment...

Une demi-lune apparut enfin, juste à l'horizon au-dessus des arbres. Tous retinrent leur souffle. Dans l'éclat argenté qui se reflétait sur la neige, apparut soudain une silhouette majestueuse, presque royale : un renne gigantesque, le port altier, les bois immenses, regardant autour de lui.

« Le voilà, murmura le Chef. Dasher, le mâle de la troupe ! »

La troupe ?

En effet, d'autres rennes se dévoilèrent, certains ssis, d'autres, plus petits, venant autour du renne royal. En tout, ils étaient huit.

L'écureuil entama une discussion animée avec le Chef des lutins. Il traduisait pour Harold :

« Il dit que c'est un soir exceptionnel. C'est rare qu'ils soient ensemble à l'arrêt ; ils sont toujours en mouvement. Nous avons beaucoup de chance.

– Je vais m'occuper du chef, ce Dasher, dit le garçon. Les autres rennes ne devront être qu'immobilisés.

– Le chef ? Mais il est très grand.

– J'en fais mon affaire.

– Pour les autres, ne craignez rien, nous lancerons des filets avec des flèches à bouts ronds. Il n'y aura aucun blessé.

– Espérons. Nous ne sommes pas là pour leur faire du mal. »

Harold prit trois lutins avec lui, une longue corde avec un nœud coulant, et pénétra discrètement dans la clairière.

« Je ferai un signe pour vous dire de décocher les filets. »

Autour de la clairière, les lutins bandèrent leurs arcs, avec les flèches reliées par un fil aux voiles de mailles.

Le renne royal examinait autour de sa troupe ; à l'évidence, il faisait le guet. Harold et les lutins durent parfois se jeter à terre, dans la neige, pour ne pas être remarqués et s'attarder un moment avant que la méfiance du renne ne quitte leur direction.

Lorsqu'il fut à une distance honorable, Harold leva son bras. Tous les lutins le regardaient. Le garçon resta ainsi, attendant le passage d'un nuage qui atténuerait l'éclat de la lune. Il désirait le plus de discrétion possible pour ses amis.

Dès que cela fut fait, il abaissa son bras.

Soudain, avec un cri, des dizaines et des dizaines de traits s'abattirent autour des rennes.

Harold bondit avec ses trois lutins. Il lança son lasso de toutes ses forces et atteignit les bois du chef des rennes. Mais impossible de le nouer autour du cou, la corde ne passait pas la puissante ramure de l'animal. Alors Harold planta ses talons dans la neige et se mit en position d'empêcher la fuite du renne.

Près de lui, c'était la panique. Les rennes s'emmêlaient les pattes et les bois dans les filets des lutins. Ils bramèrent terriblement.

C'est le chef qui poussa le plus grand cri, un cri de colère et non de surprise ou de peur. Un cri de rage.

« Il est à nous ! » clama Harold afin de motiver ses lutins.

Mais soudain, le renne bondit dans les airs, pour se débarrasser de son assaillant.

Lorsque j'écris qu'il « bondit dans les airs », je n'entends pas par là qu'il fit un saut ni une ruade ou qu'il se souleva sur ses pattes arrière. Non, il bondit dans les airs, c'est-à-dire qu'il quitta la terre ferme. Le renne s'envola !

Harold, retenu par son lasso dans les bois de l'animal, se trouva brusquement entraîné dans son ascension.

« Aaaaaaaah ! »

Ça, c'était le cri de surprise de notre ami.

À son pantalon s'étaient accrochés ses trois lutins.

« OOHHHhhhhhh ! »

Ça, c'était leur cri de terreur à eux.

Ils se retrouvèrent dans les airs ; pas simplement à quelques pieds au-dessus du sol : non, avant même de s'en être rendu compte, ils étaient déjà à hauteur des nuages, virevoltant dans le ciel.

Le renne faisait des embardées vertigineuses pour se dégager. Harold était secoué comme une brindille, souffrant du poids des lutins agrippés à ses jambes.

Dans la bataille, les mains sur sa corde, il se posa une question de bon sens : « Mais qu'est-ce que je fais *là* ! » Eh oui. Comment un simple orphelin de Cokecuttle, un ancien ramoneur éconduit, un garçon des rues vivant sous les ponts, un évadé de l'orphelinat de Miss Parrott, pouvait-il se retrouver à la merci d'un *renne volant*, en plein vide, au-dessus des forêts et des glaces des pays du Nord, avec trois lutins retenus à ses basques ?

Le lecteur rationnel (et prudent) est en droit de se poser cette même question qui, du reste, en appelle beaucoup d'autres...

Eh bien, cessez de vous interroger, je vous réponds :

Mais pour cela, il nous faut remonter à ce jour charnière où Harold revint en Écosse avec ses lutins après son expédition à Cokecuttle. Souvenez-vous, il raconta leurs aventures dans la grotte et le troisième sceau s'ouvrit devant une assemblée ébahie...

Le Chef, pâle, s'approcha et, après beaucoup d'hésitations, ouvrit la partie du livre enfin libérée. Harold et lui se penchèrent pour lire la nouvelle page. Le visage du Chef s'illumina, il souriait littéralement d'une oreille à l'autre.

Le garçon, lui, blêmit. Interloqué.

Le Chef saisit le livre et se tourna vers les lutins qui les regardaient dans un silence religieux.

« Mes amis, dit-il... »

Silence...

« ... nous partons ! ! »

Chapitre 2

Voilà ! Maintenant on s'explique...

Après une pause où chacun se repassa le mot pour être certain de l'avoir entendu, « nous partons ? », la joie explosa dans la grotte des lutins !

Quitter ce refuge au fond duquel ils étaient assignés depuis des siècles ! Le jour était enfin venu.

Mais que disait la page du livre magique ?

Le Chef fit retomber l'allégresse pour lire ce que le sceau venait de révéler.

Voici ce qu'il expliqua à ses compagnons attentifs :

Quelle que soit la « nouvelle entreprise » choisie par les lutins sur ordre du deuxième sceau (à présent il semble qu'il s'agisse de la confection de jouets pour les enfants comme à la fabrique de Cokecuttle), ces derniers, selon une loi qui s'applique depuis le jour du Grand Départ, doivent rester irrémédiablement cachés aux hommes. Ils ne peuvent être décelés *sous aucun prétexte*. En se remettant prochainement à l'action, ils vont se trouver plus exposés, moins à l'abri qu'au cours de leur longue hibernation, aussi faut-il nécessairement qu'ils se découvrent *sur-le-champ* un nouveau refuge, encore plus sûr, davantage éloigné de la civilisation. Dans cette quête périlleuse, pour ce long voyage, il leur était conseillé de s'en remettre à la sagesse de leur *sauveur*.

Pour conclure, et se faire applaudir, le Chef résuma avec sa formule brève mais explicite : « Mes amis, nous partons ! »

La liesse redoubla. Un chahut indescriptible s'empara des galeries et de tous les recoins de la grotte. Il faut imaginer mille petits lutins ivres de joie : ils cabriolèrent à pieds joints sur leurs lits, les traversins volèrent, des édredons éclatèrent et des tourbillons de plumes blanches envahirent l'espace et s'accrochèrent aux vêtements des lutins et à leurs oreilles pointues, les paniers de fruits suspendus aux filins furent tirés les uns contre les autres comme on sonne les cloches d'une église, on criait, on chantait, on se congratulait, on se courait après, on se grimpait dessus, on dansait, on se pinçait le nez, on se frappait le torse, on se glissait des doigts dans l'œil pour plaisanter; enfin, une colonie d'enfants ayant appris leur prochain départ pour un monde merveilleux où l'on ne grandit plus ne se serait pas montrée plus tapageuse, ni plus incontrôlée. Il y avait là une jubilation, une folie enfantine ravissante à voir.

Pourtant, le seul véritable enfant de l'endroit n'y prenait qu'une part mesurée. Lui aussi souriait et félicitait chaque lutin qui venait se jeter à son cou, mais au fond, il commençait de ruminer des interrogations qui n'allaient pas sans l'inquiéter :

« Vous en remettre à votre *sauveur* », disait le livre de prophéties ?

Un voyage ? Une nouvelle cache ?

Un peu plus tard, Harold se retrouva dans le bureau du Chef en compagnie de quelques lutins pour évaluer la nouvelle donne.

Un conseil de guerre.

Notre ami avait eu le temps de songer à sa situation. En fait, ce que voulait le Livre se révélait parfaitement juste : il était bien *lui* à l'origine de ce qui se passait pour ces petits lutins. Il repensa à son ami Joe, à cette photographie dans le journal où on le voyait si heureux juché sur son cheval à bascule. Le malade miraculé. Si les lutins faisaient maintenant des jouets pour les distribuer aux enfants, s'ils allaient se remettre à l'œuvre et s'exposer à nouveau au monde de cette façon, c'était à cause de (ou plutôt grâce à) lui, Harold Gui. Il était impensable de les abandonner ou de renoncer à sa tâche aujourd'hui. Le risque que couraient les lutins était d'être surpris par les hommes de ce siècle, le danger majeur était que ces derniers essaieraient, comme autrefois avant le Grand Départ, de leur soutirer les secrets de leur espèce, de s'approcher du *Pouvoir*. C'était trop dangereux, pensait Harold. Il imagina ce qu'une Miss Parrott et un Donald Spade feraient autour d'eux s'ils devenaient maîtres d'apparaître et de disparaître dans les airs, de commander les rêves des autres ou de lancer des boules de feu par les yeux (là, Harold brodait un peu sur le thème du « Pouvoir perdu » mais nous comprenons ce qu'il redoutait !). Non, décidément, s'il avait des doutes quant à sa condition de sauveur des lutins, ce n'était pas le moment de l'exprimer, d'ailleurs il en fut empêché : dès que le Chef eut entamé leur réunion par un « Maintenant que faisons-nous ? Quoi ? Où ? Quand ? Comment ? », un silence suivit et toutes les têtes se tournèrent vers Harold.

Au dehors, les autres lutins étaient en train de remplir leurs paquets.

Harold dit :

« Si vous voulez vous rendre utiles en confectionnant des jouets pour les enfants...

– Oui ! dirent-ils.

– ... eh bien, il nous faut trouver un lieu assez vaste pour installer les équipements nécessaires ; il faut mettre une manufacture sur pied ! »

Le Chef lança l'idée qui s'imposait :

« Je vais immédiatement constituer une équipe qui va retourner à Cokecuttle étudier plus avant cette usine et ces machines dont vous nous avez parlé. Il faut tout savoir, tout connaître, tout comprendre de ce processus, si nous voulons faire mieux. »

Sa proposition fut chaleureusement approuvée. Elle ne tarda pas à être mise en pratique : on sollicita des volontaires. Sept lutins se portèrent candidats. Ils partirent le soir même pour le Lancashire.

« C'est bien, dit Harold. Maintenant, puisque le Livre considère cette parcelle d'Écosse comme étant trop exposée (c'est dire combien il est prudent !), nous devons trouver mieux.

– Où ?

– Où ? Ce n'est pas simple... »

Harold repensa au large globe terrestre qui se trouvait dans la salle du Comité de l'Assistance publique de Cokecuttle, avec tous ces petits drapeaux qui signalaient les endroits où les Anglais avaient posé leurs valises.

« Vous savez, reprit notre ami, le monde a beaucoup changé depuis que vous vous êtes enfermés après le Grand Départ. Les hommes sont infiniment plus nombreux. Un village qui, dans votre temps, comportait une dizaine de personnes est maintenant une ville d'un demi-million d'âmes. »

Les lutins firent de grands yeux. Ils avaient bien suivi quelques aléas du monde extérieur pendant leur hibernation, mais une telle information les choquait profondément. Eux qui étaient mille et un depuis toujours !...

« Un demi-million ?

– Au bas mot ! Et les hommes ont voyagé aussi. Beaucoup et loin. C'est bien simple, je ne connais presque aucun endroit où nous serions à l'abri de tomber sur un visage humain !

– C'est ennuyeux ça. Cela remet en cause ce que nous demande le Livre. Qu'allons-nous faire ?

– Attendez, j'ai dit *presque aucun*.

– Ah ! »

Harold s'expliqua :

« Si je ne me trompe pas, ce sont les milieux les plus hostiles qui nous offrent les meilleures dispositions. D'abord les terres arides, comme les déserts ! »

Les lutins firent la moue. Ils n'aimaient pas trop ça, les déserts. Trop chaud, pas d'eau, des bêtes sauvages, le sable entre les doigts de pied, et cetera.

« Ensuite, nous avons les fonds marins. Très préservés de la gent humaine. »

Re-moue de la part des lutins. Ils n'aimaient pas le poisson et pas un ne savait nager correctement.

« Enfin, conclut Harold, nous avons les glaces. Les deux pôles. »

Re-re-moue significative des lutins. On les comprend. Le froid polaire ne réjouit que les morses et les manchots, pas les lutins !

« Mais vous ne pouvez tout de même pas imaginer vous installer dans une des grandes villes du continent, voyons ! » s'exclama Harold.

Les lutins firent cette fois une moue dépitée. Si, ils y avaient bien pensé...

« Non, non, reprit Harold, il faut être sérieux. L'enjeu est important. Si l'on vous découvrait, aujourd'hui, vous n'imaginez pas les complications que vous engendreriez dans les sociétés. Des lutins en vie au dix-neuvième siècle ! Des petits êtres immortels comme dans les contes pour enfants ! Ce serait une révolution. »

Harold se figura la tête des membres du Comité de Cokecuttle à l'annonce d'une telle nouvelle : ils en auraient perdu leurs lorgnons dorés et avalé leur cravate.

« Tu as raison, dit le Chef à Harold. Réfléchissons.

– En aucun cas, nous ne pouvons rester ici, poursuivit l'enfant. Non seulement il existe des endroits peuplés pas très loin, et, à la moindre rumeur, l'endroit pourrait être envahi, mais il existe de notre temps une race d'hommes dont vous n'avez peut-être pas encore idée : les journalistes ! Ceux-là sont à l'affût de tout, ils possèdent des moyens considérables pour propager dans le monde entier la moindre nouvelle, la moindre particularité. Un reporter et un photographe cachés près d'ici pour vous surprendre peuvent vous rendre célèbres du jour au lendemain. Et alors ensuite, n'en doutez pas, la traque commencera ! »

Les lutins pâlirent. Le désert, les fonds marins et les pôles glacés leur parurent soudain tout à fait hospitaliers !

Comment choisir entre les trois ?

Tirer au sort ?

Faire un vote dans la communauté ?

Les essayer et décider ensuite ?

« S'il le faut, nous pouvons nous habituer à tout, prévint le Chef. Il faut obéir au Livre, nous sommes là pour cela. »

Mais Harold sut trouver les arguments pour écourter les discussions :

« Il faut choisir le plus rapide. L'océan ? Votre installation demanderait des années d'aménagement sous-marins et l'on peut même douter que nous y arrivions. Le désert ? Le seul que je connaisse est démesurément loin d'ici. Et c'est, des trois cas, le milieu le moins fait pour vous.

– Alors il reste les glaces.

– Oui. Et elles ont même une caractéristique qui surpasse de loin les deux autres propositions en qualité.

– Laquelle ?

– Le pôle Nord ! »

Harold avait parfaitement en tête le globe de Cokecuttle au moment où il parlait.

« Vous souhaitez fabriquer des jouets et les faire parvenir aux enfants dans le monde entier ?

– C'est cela.

– Eh bien, il vous faut penser aux trajets, aux voyages pour porter tous vos présents. Quel est le point qui sera toujours le plus près et le plus direct au départ pour Londres, New York ou Delhi ? Le pôle Nord ! De cet endroit, vous aurez le monde sous vos pieds, il suffira de tourner les talons pour prendre la route de l'Asie ou du continent américain ! »

Harold expliqua brièvement le principe de la rotondité terrestre ; les lutins comprirent aussitôt l'excellent avantage de ce pôle Nord.

« Du reste, dit Harold, pas un homme n'y a mis les pieds, c'est une aventure terrible où peu triompheront mais en petit équipage. En tout cas, pas de journalistes dans les parages, ça c'est sûr ! »

Ce dernier point, pour curieux qu'il était, emporta l'adhésion des lutins !

« Et puis, de l'Écosse, nous sommes mieux situés pour atteindre le Nord. »

Harold dessina le toit de l'Europe : l'Écosse, la mer, la Norvège... le cercle polaire, enfin le Pôle. (Merci Le Falou pour tes leçons de géographie !)

Les lutins étaient aux anges.

Mais Harold redevint inquiet. Il voyait sur sa feuille toute cette partie constituée d'eau. La mer du Nord... Comment passer mille lutins sur les flots ?

« Où allons-nous trouver un bateau ? demanda Harold. Personne ne voudra de nous !

– Bah ! répondirent les lutins, c'est une question d'humain, ça ! »

Ils n'étaient pas le moins du monde inquiets à la perspective d'une traversée.

« On ne cherche pas un bateau, dit le Chef à Harold : on le fabrique ! »

*

À présent, un mot sur les sept lutins partis à Cokecuttle : ils trouvèrent la fabrique de jouets sur la Grand-Rue, entre l'hôpital et la prison.

Ils se cachèrent dans les combles et observèrent avec soin les types de jouets, les mouvements des artisans et des machines, les matériaux utilisés. Ils se dissimulèrent entre les peluches et les caisses, ils approchèrent des marionnettes et des soldats de plomb. Ils n'en revenaient pas de la diversité des personnages, des couleurs, des accessoires !

Mais un point les intriguait au-delà de tout : la grosse machine actionnée à la vapeur et son tapis roulant. Ils voyaient les ouvriers poser dessus quelques morceaux de bois qui disparaissaient dans le ventre de la machine, pour reparaître, après des bruits bizarres et des tremblements, transformés en pantin ou en locomotive ou en château fort, selon les jours. Que se passait-il *à l'intérieur* du monstre ?

Le plus imprudent d'entre eux, ou le plus curieux, essaya de s'approcher un peu...

... il mit un pied sur le tapis et se retrouva entraîné tout entier !

Le lutin disparut dans la machine.

Et le voilà soulevé, tiraillé, retourné, rembourré, déshabillé, secoué, martelé, collé, poli comme un vulgaire bout de bois ! Il ne perdit pas un détail : il examina les bras mécaniques, les ressorts, les poulies, les courroies, les tailleuses et les raboteuses. Ce jour-là il était embarqué dans un programme de pantin soldat, il termina sa périlleuse traversée (en s'étant épargné une mort violente à deux reprises au moment de la pose des clous !) dans des bains de peinture noire avec deux coups de brosse rouge sur le front !

Il avait une drôle d'allure lorsqu'il réchappa à la machine. Mais il était enthousiaste.

« Je le savais ! » dit-il à ses amis.

*

Autrefois, avec leur incapacité à travailler ensemble, si les lutins avaient dû prendre la mer pour abandonner l'Écosse, ils se seraient tout bonnement construit chacun une petite barque en propre ! Mais à présent que Harold leur avait inculqué les vertus du travail en commun, ils étaient à l'œuvre pour bâtir une nef assez vaste pour tout le monde !

Notre ami avait déjà été impressionné par les aptitudes des lutins lors de son expédition à Cokecuttle, mais là, il avait l'impression d'assister à une scène de conte imaginaire. Ils étaient installés au bord de l'eau, à l'extrémité du Shire d'Aberdeen, dans un coin perdu et secoué par les flots. Chaque jour, Harold voyait le navire prendre forme. On aurait dit que les lutins avaient fait cela toute leur vie. C'était prodigieux.

Lorsque le bateau se trouva à quelques jours de sa mise à l'eau, Harold repensa soudain à ce Grand Départ tel qu'il se l'imaginait lorsque Le Falou lui en faisait le récit sur les bords du Hollowspring ; il songea à cette nouvelle Arche de Noé qu'il imaginait avec amusement remplie de petits êtres immortels, de fées et de gobelins en file indienne. Eh bien, le bateau des lutins était *exactement* tel qu'il le rêvait autrefois.

Mais notre ami ne fut pas surpris ; il ne s'étonnait plus de rien désormais.

On le comprend.

*

Le bateau débuta sa traversée aux dates prévues. Les sept lutins dépêchés à Cokecuttle revinrent à la grotte avec leurs informations.

Harold et les lutins découvrirent que les eaux étaient plus peuplées qu'ils ne l'imaginaient. Peuplées de créatures *autres* que le simple poisson du pêcheur, le plancton, le mollusque ou le fruit de mer. Le fond des océans avait été autrefois épargné par le Grand Départ, l'exode des Anges et des Immortels ; ceux qui y vivaient, protégés depuis toujours des hommes sous leurs profondeurs glacées et sans lumière, étaient toujours là.

La nouvelle du passage du navire des lutins, la nouvelle de l'existence de ces petits bonshommes sur terre se propagea dans les eaux. Et les animaux secrets remontèrent exceptionnellement à la surface pour les encourager, les saluer, les aider.

Harold vit apparaître des formes incroyables, des monstres doux et dansants, paisibles, des sirènes et des fils de Neptune, des créatures aux tentacules étoilés, des couleurs si lumineuses et irréelles qu'elles semblaient sorties de pots de peinture renversés. Ils firent un tapis magique autour du bateau, le protégèrent des mauvais courants, des tempêtes, des vents contraires. Puis, dès que l'embarcation arriva en vue des côtes norvégiennes, alors que les premiers indices de la présence humaine se faisaient sentir, les monstres silencieux et les belles sirènes s'évanouirent à nouveau vers leurs abysses.

Mais dans les eaux, les nouvelles circulent plus vite que sur terre ou dans les airs ; en abordant la terre ferme, Harold et les lutins furent reçus par un petit comité d'accueil : un élan, deux belettes, un ourson et trois lémures.

« Bienvenue à vous », dirent ces habitants de Norvège dans cette langue universelle que nous connaissons désormais assez bien.

Tous ceux qui pouvaient être tenus au courant de l'aventure de « Harold et les Mille et Un

Lutins » avaient été avertis et grillaient d'en savoir plus sur leur extraordinaire périple. Où allaient-ils ? Qu'allaient-ils devenir ?

*

Vers le nord. Plein nord.

La terre inconnue de Norvège leur fut facilitée par les animaux de l'endroit. L'élan et un écureuil se montrèrent particulièrement précieux et fiables.

Harold découvrit qu'il portait ici un prénom royal, comme Louis en France, George ou Edward en Angleterre ou Henri en Allemagne.

Les lutins et lui traversèrent le pays lentement mais sûrement, jusqu'à l'approche du cercle polaire et l'apparition d'un gigantesque glacier qui stoppa net leur progression. Cet obstacle naturel laissa perplexes même les natifs du pays. Comment passer un tel rempart ? Du reste, des humains chasseurs reviendraient au printemps dans les parages et il était à craindre que l'expédition ne soit découverte, là, coincée au flanc du glacier.

C'est alors que l'élan fit part d'une proposition étrange : il mentionna l'existence supposée d'un troupeau de rennes. Pas des rennes ordinaires, mais des rennes volants. Ils étaient huit et se cachaient depuis la nuit des temps. Ils n'employaient que très rarement leur pouvoir afin de ne pas être découverts.

« Ils ont manqué le Grand Départ ? demanda Harold à l'élan par le truchement d'un lutin.

– Personne n'a pensé à eux à l'époque. Ils vivent dans le Grand Nord, isolés du reste du monde. Disons qu'ils ont été oubliés. Depuis ils se cachent encore plus. Mais...

– Mais...

– Mais j'ai idée d'où nous pourrions les apercevoir. Avec ces rennes volants, vous passeriez le glacier sans la moindre peine.

– Trouvons-les ! »

Et voilà.

Voilà ce qu'il fallait écrire, voilà ce que se remémorait notre ami Harold accroché des deux mains à son lasso, trois lutins à ses basques, suspendu à des dizaines de mètres du sol, emporté par Dasher, le chef des rennes volants.

« Aaaaaaahhh ! »

Ça, c'était le cri de Harold.

« Ooooooooohhhhhh ! »

Ça, c'étaient les hurlements des lutins.

Chapitre 3

Où l'on reprend notre héros là où nous l'avions abandonné...

Le renne continuait ses soubresauts, ses piqués, ses culbutes. Harold savait qu'il ne tiendrait pas longtemps à cette allure ; il fit un effort surhumain pour libérer une de ses mains et attraper un lutin par la tignasse ; il le propulsa au cou du renne.

« Dis-lui de s'arrêter, cria-t-il, dis-lui que nous ne lui voulons aucun mal ! »

Le lutin, affolé, traduisit aux oreilles du renne.

Celui-ci, abasourdi d'entendre ce langage qu'on ne lui avait pas tenu depuis des siècles, fit encore plus de cabrioles !

Harold se hissa le long de la corde de toutes ses forces, comme le ramoneur dans un fût de cheminée lorsqu'il est au bord de tomber à des mètres plus bas dans le foyer. Il fit tant et si bien qu'il atteignit le cou de l'animal. Profitant d'un brusque piqué dans les airs, il défit sa corde prise dans les bois du renne et réussit à l'enrouler autour de la gorge de l'animal; là, au moment de la remontée, il tira un grand coup! C'est assez simple : la langue du renne sortit comme un ressort et se secoua en virant au bleu. Les yeux exorbités, le chef Dasher émit un : « Arrgg! » tout à fait étonnant dans sa bouche. Il s'arrêta net dans les airs.

« Enfin! dit Harold. Lutin, assure-le que nous ne sommes pas mal intentionnés; nous ne voulions seulement pas qu'il disparaisse avant de nous avoir entendus! C'est pour cela que nous avons agi par surprise. Qu'il nous reconduise auprès des siens. Il comprendra. »

Le lutin traduisit les mots de Harold, toujours bien campé sur sa corde. Le renne fit un douloureux signe affirmatif de la tête; alors Harold desserra son étreinte et la langue de l'animal put retourner à sa place.

Ils touchèrent terre quelques minutes plus tard au centre de la clairière où les autres rennes étaient entourés par les lutins. Tout semblait pacifié.

En effet, pendant le rodéo aérien de notre ami, le Chef s'était expliqué avec les autres rennes volants.

Soudain la méfiance de ces bêtes extraordinaires s'était muée en curiosité, puis en véritable exaltation! Ils n'en revenaient pas qu'on veuille subitement les chercher pour solliciter leur aide. Eux qui se sentaient si seuls et isolés, persuadés qu'ils avaient été oubliés depuis la nuit des temps! Et voilà qu'aujourd'hui, on invoquait leur aide pour traverser le glacier!

Le Chef des lutins apprit le nom des huit rennes : Dancer, Prancer, Vixen, Comet, Cupid,

Dunder, Blixen, enfin Dasher, le chef, un peu vexé d'avoir été dressé si promptement par le petit Harold, mais fier de la mission accordée à son troupeau et prêt à en prendre le commandement.

C'est ce qu'il fit. Harold grimpa sur son dos en compagnie du Chef lutin, et ils partirent au-dessus du gigantesque glacier, vers le Pôle, pour localiser un endroit qui conviendrait à l'installation des lutins.

Ce ne fut pas si simple (mais est-ce que cela vous paraît seulement *simple* ? Si oui, vous êtes fait du même cœur que ces petits personnages et je vous en félicite !). La glace s'étendait sur des kilomètres. Les arbres avaient disparu. Harold et le Chef pouvaient être rassurés sur un point : ils ne seraient pas importunés par la présence humaine ni tiraillés par l'angoisse de les voir passer par ici. Le glacier s'acheva par un autre bras de mer à traverser, couvert de blocs flottants, de morceaux de banquise à la dérive, habités par quelques pingouins. Dans le ciel, Harold découvrit de magnifiques aurores boréales vert, bleu et orangé, il pensait presque pouvoir les toucher lorsque le renne survolait les nuages.

Dasher conduisit ses nouveaux amis sur différents points proches du Pôle qui ne convinrent pas ; il fallait de la terre ferme sous la glace, il fallait des points d'eau pour pouvoir naviguer. Alors le renne volant redescendit vers les confins nord de la Finlande ; les forêts y réussissaient à monter plus haut vers le cercle polaire, mais elles étaient tout aussi protégées que le Pôle ou la banquise. C'est *là*, sur une sorte de tertre blanc, bordé d'un côté par les huit derniers sapins de tout cet hémisphère, que le Chef et Harold décidèrent que les lutins iraient construire leur nouvel abri.

Il fut vite déterminé que ce refuge serait un petit village...

Chapitre 4

Où il est question des difficultés à mettre un mythe en action. Ou comment l'ambition des lutins est contrecarrée par la frilosité des gens...

De ses admirables petits lutins, Harold pensait avoir tout vu depuis son voyage à Cokecuttle et la construction du grand navire, mais la mise sur pied de leur village dépassa ce qu'il pouvait imaginer.

D'abord, il y eut l'incroyable « pont aérien » entrepris par les rennes entre le glacier norvégien et la forêt finlandaise : les mille et un lutins furent emportés sur leurs dos et fendirent les airs dans un ballet fantastique, entrepris loin au-dessus des nuages, loin de l'œil indiscret des humains.

Il faut expliquer ici que pour ces magnifiques rennes, dès qu'ils prenaient leur envol, plus rien n'avait de poids, ils évoluaient dans une impesanteur magique qui leur permettait de traîner après eux des masses considérables. C'est ainsi qu'ils acheminèrent les biens et les affaires des lutins (les fameux lits !), puis le bois nécessaire à l'édification des maisonnettes. Là, l'adresse des lutins se révéla extraordinaire : ils creusèrent, tranchèrent, débitèrent, montèrent, assemblèrent, égalisèrent, rabotèrent, ajustèrent, confortèrent, puis assujettirent, réunirent, établirent, parfirent et enfin aboutirent à ce qu'ils s'étaient promis.

Le village était fait, mais pas seulement. Pas seulement les maisonnettes en bois reliées par des tunnels, pas seulement les pièces de jeux ou les salles de réunion : l'usine aux jouets était là elle aussi, dans les sous-sols, vaste, immense même, prête à l'emploi. Pour comprendre ce miracle il nous faut revenir à notre lutin à lunettes et à son étrange invention dans la cabane des chasseurs. « Je le savais ! » disait-il. Ce lutin était le même qui s'était laissé entraîner dans le ventre de la machine à Cokecuttle et qui avait tout examiné de l'agencement interne de la chose. À son retour auprès des lutins, pendant la longue traversée, une seule chose l'obsédait : s'il savait comment reproduire le même type de machinerie, il ignorait comment lui donner la force motrice nécessaire. Pas question de trouver du charbon ; il demandait des efforts d'extraction considérables et propageait une fumée noire qui ne convenait pas du tout avec l'idéal de discrétion voulu par les lutins. En bref, il fallait trouver autre chose. Les bras de six cents lutins auraient sans doute suffi à faire tourner la machine, mais c'était vraiment gâcher de l'énergie. Alors le savant songea à une vieille légende (j'entends par là que cette légende était déjà vieille à l'époque où vivaient les lutins, bien avant le Grand Départ, c'est dire si elle ne date pas d'hier !). Cette légende parlait d'une vertu des flocons de neige qui, mieux que les gouttes de pluie, emportaient avec eux des « particules » venues du ciel et chargées d'une énergie incroyable, énergie qui se perdait aussitôt que la neige touchait le sol de notre planète. Ces particules venaient de l'espace et circulaient partout dans le cosmos. Alors le savant se mit à la redécouverte de ces particules invisibles. Le Chef ne l'autorisa qu'à la condition expresse qu'aucune information sur ce procédé ne pourrait jamais tomber dans les mains des humains. Dans la cabane de chasseurs abandonnée, les quelques lutins présents étaient parés à tout détruire à la moindre alerte.

Lorsqu'il eut mis au point les filtres nécessaires, le lutin savant dit, sans surprise pour ceux qui le connaissent, « Je le savais ! » et le sort de l'usine des lutins du Grand Nord fut réglé ; elle pourrait tourner à plein régime sans jamais s'épuiser.

Harold avait activement participé à l'élaboration de la fabrique de jouets, lui qui, avec son ami Joe, avait si souvent rêvé à Cokecuttle de piloter l'usine où ils voyaient tous les jours des adultes mal s'y prendre pour satisfaire les enfants. Là, ce fut une fête permanente ! Les lutins avaient à cœur de commencer leur nouvelle tâche.

À l'achèvement du village, le Chef conduisit Harold dans ce qui allait être *sa* maison. Notre ami, qui ignorait cette touchante disposition, fut très ému de se voir accorder la plus vaste et la plus belle des maisons construites par ses amis, mais il ne comprit pas le sens de ce don. « Pensent-ils que je vais rester *ici* avec eux ? se demanda-t-il. C'est impensable. Je ne suis qu'un petit garçon ! Un Anglais du Lancashire. Je dois retourner à ma vie d'autrefois, rejoindre Joe et mes amis, et puis grandir, trouver un métier, fonder une famille peut-être... Je n'ai pas ma place dans ce monde, au Pôle, auprès de lutins aussi gentils soient-ils. Bientôt je devrai repartir. »

Mais en attendant, Harold seconda les lutins pour mettre leur ouvrage en pratique. Il dressa une liste d'idées, dessina et annota des plans, choisit certains matériaux, et encouragea toujours vivement les artisans.

On commença par un jouet modeste : de petites locomotives sortirent en premier du tapis roulant des lutins. Au lieu de les immerger dans de tristes bains de peinture, une attention particulière fut mise à soigner le dessin et les couleurs de la « machinerie ». C'était si bien fait qu'Harold était sûr que pas un fabricant de jouets au monde n'avait atteint un tel degré de finition et de réalisme ; la locomotive en bois roulait parfaitement et pouvait même recevoir des dizaines de wagon ; c'était une garantie de jeux infinis, le train rêvé !

Harold insista pour que l'emballage du jouet soit de nouveau identique au *cadeau illuminé* offert par la petite Lucie. « Il faut qu'un présent soit une fête ! Déjà ! Avant même que l'enfant l'ait ouvert ! »

L'emballage de papier cadeau réussi, il fallait désormais le livrer à des enfants. Cinq exemplaires furent emportés par Harold, deux lutins et un renne volant. Sans trop savoir ce qui les attendait, nos amis descendirent vers un village du nord de la Finlande nommé Apftelzen. Cinquante habitants. Un froid polaire, presque jamais personne dans les rues, donc peu d'informations sur les éventuels enfants vivant entre ces murs.

Harold finit par choisir – pour *essayer* – de se présenter frontalement et de tendre les paquets-cadeaux aux familles choisies au hasard. Les lutins se cachèrent pendant ses premières tentatives.

Harold frappa à la porte d'une maison assez vaste pour abriter une famille nombreuse, donc probablement des petits enfants.

La porte s'ouvrit sur un géant barbu assez effrayant qui fit de grands yeux à l'apparition de notre ami, son emballage coloré dans les mains. Il regarda dans la rue pour essayer de comprendre ce qu'un étranger si petit faisait dans son village. Mais sa stupeur monta d'un degré lorsque Harold prit la parole :

« Bonjour monsieur, auriez-vous des enfants qui habitent ce logis, s'il vous plaît ? Si tel est le cas, je vous propose de leur offrir ce modeste présent qui leur fera sans doute passer l'hiver en s'amusant. Ce présent est gratuit, il n'est fabriqué et proposé que pour la réjouissance des tout-petits. Je vous remercie de m'avoir entendu. »

Soit le Finlandais n'entendait pas un traître mot d'anglais, soit il comprit et se demanda, en bon connaisseur des lois du commerce, si ce petit ne cachait pas un mauvais coup derrière son offre gratis étrange. En tout cas, le Finlandais fit une tête impayable. Il referma sa porte au nez de Harold.

Celui-ci, immobile dans le froid, se dit que son affaire n'irait pas sans obstacle...

Mais la porte se rouvrit, toujours sans ménagement, et le géant barbu jeta un poisson gras dans les bras de Harold. Il dit un : « Mfurme ! » de sa langue et la porte claqua pour ne plus se rouvrir.

« Il a dû croire que je faisais l'aumône ou réclamais son hospitalité, dit Harold aux lutins décontenancés. Dans cette région, ce doit être une marque de générosité que de céder un poisson à un inconnu... »

L'entreprise du garçon et des lutins péchait par un évident manque de préparation et de réflexion ; l'amateurisme de l'affaire était criant.

Il y avait d'abord un problème de communication avec les populations, il fallait ensuite faire admettre l'étrange mission voulue par des lutins invisibles et surtout ne pas se laisser prendre pour des vagabonds ou des bohémiens. Comment atteindre les enfants sans passer par ces adultes qui se méfiaient de tout ?

Harold, en dépit de sa bouille sympathique, échappa à Apftelzen et dans ses environs à deux volées de coups de bâton, faillit être mis en prison par un gendarme, dut fuir à trois reprises devant des familles qui avaient lancé leurs chiens à ses trousses et resta piteusement avec tous ses paquets.

Un seul enfant put être atteint pendant ces périodes d'essai : il avait une douzaine d'années et prenait un bain glacé, seul, non loin de chez lui. Avec toutes les précautions requises, Harold lui fit passer un des présents ; le garçon l'ouvrit, immédiatement émerveillé par la beauté de la locomotive de bois. Mais, tout de suite après, il vit que le petit Harold avait un autre paquet identique posé un peu en arrière. L'enfant voulut aussitôt s'en saisir en dépit du refus de notre ami ; alors Harold se retrouva à deux doigts de se faire battre par le gamin furieux. Mon Dieu, comme cet enfant était devenu diable !

« Bon, décidément, dit Harold aux lutins après toutes ces déconvenues, il va nous falloir trouver un “ cadre ” pour vos actions. On ne fait pas le bonheur des gens contre leur gré, vrai ? »

Au village des lutins, des nouvelles revenaient de l'Amérique du Nord où cinq d'entre eux et un renne étaient partis peu après Harold pour faire des tentatives dans les grandes villes. À Baltimore, les quelques locomotives distribuées avaient déchaîné la colère des parents, beaucoup les avaient confisquées, les autres les avaient revendues sans vergogne à des marchands ou à des collectionneurs.

Là encore, c'était une défaite cuisante.

« Vous devez vous organiser, dit Harold au Chef des lutins. Il n'est pas possible d'apparaître à l'improviste et de distribuer nos cadeaux aux premiers venus. Il faut que vous soyez attendus ou tout du moins espérés. Il faut connaître vos cibles.

– C'est cela, tu as raison, Harold ! Nous devons prendre notre temps. Observer discrètement la vie des familles, isoler un enfant et le voir vivre, deviner ce qui lui ferait plaisir et trouver ensuite le bon moment pour l'atteindre sans être vu.

– Surtout savoir s'il *mérite* son cadeau ! Le petit qui m'a presque roué l'autre fois pour disparaître avec le second paquet qui ne lui était pas destiné n'était certainement pas un des enfants à mettre en premier sur votre liste.

– C'est juste. »

Les lutins discutèrent beaucoup avec leur Chef. Il fallait procéder par ordre.

Une locomotive fut expédiée peu après avec des lutins pour la province de Greuthovel. Là, pendant une semaine, invisibles mais voyant tout, se cachant partout mais ne se trouvant nulle part, les petits espions firent la découverte d'un certain Nils, sept ans. Son père était bûcheron et sa mère lessiveuse. Il n'avait ni frère ni sœur, ni le moindre ami de son âge avec qui s'amuser. Le petit s'ennuyait ferme et ses parents ne savaient que faire pour égayer ses jours. Une grand-tante venait bien quelquefois prendre le temps de lui conter de jolies histoires mais jamais pendant les rigueurs et la longue nuit d'hiver. Autant dire que le petit Nils fut, après mûre réflexion des lutins, le premier mais aussi le plus heureux et le plus émerveillé des bénéficiaires des locomotives sorties de la fabrique de jouets de nos amis !

Les lutins revinrent à leur village sous les acclamations ! Le premier de leurs jouets avait atteint son but !

« Voilà », dit Harold.

Les lutins qui l'entouraient cessèrent leurs « hourrahs » et se turent après ce simple mot ; ils se regardèrent tristement. « Voilà », ces deux syllabes, ils avaient tout de suite compris ce qu'elles voulaient dire, aussi banales fussent-elles, elles contenaient en germe les phrases qui allaient suivre dans la bouche de Harold.

« Il est maintenant temps que je vous laisse, dit-il. Je vais partir. »

Notre ami avait l'impression que sa mission, fantastique et imprévue, unique en son genre, s'arrêtait là, aujourd'hui. Les lutins étaient en sécurité, ils avaient appris un métier qui les passionnait et qui ferait des heureux autour d'eux, ils étaient autonomes et prêts à se perfectionner avec le temps et l'expérience.

« Mais nous avons encore besoin de toi, protesta le Chef. Il y a encore beaucoup de questions auxquelles il faut que tu nous aides à répondre...

– Mais je n'ai pas *toutes* les réponses, dit Harold. Je n'en ai même aucune, figurez-vous ! Je ne sais pas bien pourquoi ni comment j'ai été entraîné dans cette aventure avec vous. Les événements se sont enchaînés et le processus était peut-être en marche avant que je ne fasse votre rencontre à la ferme des Parrott. J'en suis ravi et j'en remercie le ciel, mais un autre enfant aurait fait autant que moi. Remerciez les circonstances.

– Et le dessin du garçon en ouverture du Livre ?

– Bah, c'était un enfant. Tous les enfants pauvres se ressemblent, non ? J'y ai pensé, à Coke-cuttle seulement, des dizaines comme moi auraient fait l'affaire. Votre Livre vous prédisait qu'un jeune garçon viendrait vous tirer de votre longue hibernation, c'est ce que j'ai fait, sans être vraiment responsable de ce qui vous arrive, plus en secondant les choses, en les laissant se faire. Maintenant, nous sommes au bout de notre chemin ensemble. »

Harold répéta ce qu'il avait pensé lors de son installation dans le village : il devait retourner dans le Lancashire, rejoindre son ami Joe et sa sœur Emma, et puis faire sa vie, devenir un homme, trouver un travail, avoir des enfants à son tour...

« Je vous promets de ne jamais dévoiler votre existence, ni le lieu de ce village ; jamais. Je penserai seulement à vous lorsque l'écho de votre mystérieuse distribution de jouets à travers le monde viendra à moi. Peut-être un jour, alors que je serai un vieux grand-père, raconterai-je quelques péripéties à mes petits-enfants. Des histoires auxquelles ils ne croiront qu'un temps : le pommier magique, la grotte couverte de duvets, vos farces, le bateau conduit par les sirènes, la traversée du glacier au-dessus des nuages... »

Les lutins étaient très émus ; ils voyaient le départ de Harold comme inéluctable. Il leur donnait des raisons auxquelles ils ne pouvaient objecter.

Peu avant son départ, plusieurs d'entre eux restèrent à l'affût dans la salle du grimoire, dans l'espérance que cette résolution de Harold allait provoquer quelque chose, peut-être l'ouverture du dernier sceau... mais rien. Le quatrième sceau restait inerte, pas le moindre frisson en perspective.

Alors on organisa une grande fête pour célébrer son départ. Que dis-je une grande, une *immense* fête ! La salle souterraine qui accueillait la fabrique de jouets fut désencombrée de ses établis pour laisser place aux tables d'un gigantesque banquet : mille et un lutins et un garçon ! Les petits lutins avaient installé dans leur manufacture un objet du souvenir, une espèce de relique qui rappelait leur passé et qu'ils ne regardaient jamais sans émotion : le « pommier magique » sous lequel ils s'étaient dissimulés. Comme il ne se trouvait aucun fruitier de cette famille dans leur nouveau village, ils l'avaient remplacé par un grand sapin de la forêt voisine auquel ils avaient suspendu, sur bien des branches, des pommes rouges de leur fabrication où étaient fichées de petites bougies. Le sapin illuminé devint un enchantement à regarder ; l'oscillation des flammèches le rendait vivant, ondoyant, on aurait dit un ciel étoilé. C'est autour de ce sapin symbolique que les tables du banquet furent installées, sur plusieurs rangs. Les fourneaux du village chauffaient à plein régime pour préparer les gâteaux, les tartes, les confiseries, les fontaines de chocolat, les pains de sucre et les sorbets.

Pendant ce temps, Harold se préparait pour son voyage. Dans sa chambre, il retrouva le baluchon où avaient été rangées ses affaires d'autrefois, ses petites guenilles de Cokecuttle. Il revit sa casquette, sa veste aux manches trop longues, ses chaussures. Tout avait été nettoyé et reprisé par les lutins, on les aurait dites presque neuves. Harold porta ses affaires sous son nez et respira : derrière l'odeur acidulée du savon, il reconnut le parfum des jours à Cokecuttle, de ses toits et de ses usines. Cette senteur n'était pas triste, au contraire, par un effet du souvenir qui ne se commande pas, ce furent les instants heureux de Cokecuttle qui lui revinrent à l'esprit. Harold referma son sac pour l'emporter. Il était aujourd'hui encore vêtu avec ces peaux de bêtes indispensables au climat ; il s'en déferait en rejoignant le Sud.

Notre ami passa devant un miroir : il examina son visage comme il avait vu certains adultes le faire. Il voulait distinguer si ses traits avaient changé, si cette stupéfiante aventure de la ferme des Parrott jusqu'au cercle polaire l'avait transformé en un autre Harold Gui ; mais il ne vit rien de notable, toujours ces cheveux blonds, ces yeux très noirs et très brillants, et ce petit nez qui pointait. Sa peau était aussi claire, il restait le même enfant qui avait quitté Cokecuttle un an plus tôt. Pourtant les changements étaient plus profonds, plus intérieurs, il le savait : Harold se sentait solide, conforté, davantage prêt à affronter le destin, les embûches à venir ; bien qu'il ait choisi de retourner seul en Angleterre, il ne ressentait plus cette impression de perte et d'abandon, de solitude, qui l'avait pris à la disparition du Falou. Harold se sentait « prêt ». Il ignorait à quoi, mais il le savait.

C'est dans cet état d'esprit rasséréné, presque jubilatoire, qu'il assista au dîner en son honneur.

Les lutins ne s'étaient jamais aussi bien concertés pour réussir une fête ! Spectacles, jeux, mets fins, tout avait été sollicité pour que l'on rie et que l'on se réjouisse. Imaginez des enfants avec des capacités d'amusement infinies et vous aurez un tableau approchant de la soirée (enfin... selon le degré d'imagination enfantine qu'il vous reste ; il n'est pas donné à tout le monde de conserver l'esprit débridé et inventif de cet âge-là). Le Chef des lutins demanda seulement un instant de silence pour déclamer son discours d'adieu :

« Honneur à notre ami Harold qui nous quitte ! Honneur à celui qui nous a libérés, à celui que nous attendions depuis si longtemps ! Quel que soit notre avenir, et quel que soit le sien, nous n'oublierons jamais Harold Gui, son nom sera toujours révéré dans la famille des lutins et nous fêterons chaque année le jour anniversaire de notre première rencontre ! Honneur à notre ami Harold, que la vie le favorise, et que nos vœux l'accompagnent toute sa vie ! »

Le chef aimait être applaudi, mais là, l'immense salve s'envola pour Harold.

Cinq lutins apportèrent une boîte, empaquetée avec le papier cadeau inventé par Harold. C'était le présent d'adieu qu'ils lui avaient fabriqué : le garçon l'ouvrit tout ému, il défit le paquet avec la même fébrilité que montreraient bientôt beaucoup d'enfants à la découverte de ces offrandes mystérieuses et magiques. La joie d'ouvrir un cadeau qu'on ne connaît pas ! Harold découvrit un magnifique petit lutin en bois, un jouet parfaitement ressemblant.

« Pour que tu ne nous oublies jamais, dit le Chef. Même quand tu seras devenu un grand et gros môssieur avec des lunettes, un plastron, une cravate et des chaussures cirées ! Lorsque tu auras des ennuis, comme toujours les adultes, il te suffira de jeter un œil sur ce lutin pour te rappeler que nous sommes là et qu'il n'y a pas que les ennuis dans la vie ! »

Harold avait les larmes aux yeux. Il aurait aimé pouvoir formuler ses impressions, sa reconnaissance, mais les mots restèrent coincés... les lutins le regardèrent en souriant et pleurèrent aussi. L'un d'entre eux eut l'idée de prendre ses voisins par les mains et d'entamer une danse circulaire autour du grand sapin. Bientôt tous les lutins les rejoignirent, et Harold fut entraîné lui aussi ; on riait, on dansait, on chantait, un millier de lutins qui virevoltaient en rond. Harold avait-il été aussi heureux de sa vie ?

Quelle soirée !

*

Mais il partit le lendemain.

Il fut décidé que son départ serait plus discret. Seuls le Chef et les trois premiers lutins rencontrés par Harold étaient présents.

Le garçon avait refusé l'aide des rennes volants pour rejoindre le sud du pays.

« Je redeviens comme les autres, dit-il. Je dois me débrouiller seul, avec des moyens normaux. »

Il serra fort ses amis.

« Bonne chance, leur dit-il. Faites beaucoup de jouets, rendez les enfants plus heureux et moins seuls. Vous serez aimés ; autant que je vous aime aujourd'hui. Adieu. »

Harold avait avec lui deux chiens et un petit traîneau rempli de vivres.

Il disparut dans la forêt, sans se retourner.

Les lutins se regardèrent en silence. Le Chef finit par lever la tête et s'adresser au ciel comme si quelqu'un était là pour l'entendre.

« Et maintenant, Balbek ? demanda-t-il. Cela ne se passe pas vraiment comme tu nous l'avais prédit. Que vas-tu faire à présent qu'il est parti ? Tu es en train d'échouer une nouvelle fois... Deux fois, c'est beaucoup, je crains, non ?

– Je sais », répondit une voix.

Chapitre 5

Bon, là, après tout, vous verrez bien...

Harold avait beaucoup appris des lutins ; il savait où se garder du froid et du vent, comment se protéger des loups, avec quel bois préparer les feux, cuire ses aliments, panser ses plaies ou faire taire la fatigue.

Il ménagea ses chiens et atteignit la ville de Pikrti plus de huit jours après son départ. Là, il résolut de retourner pour de bon à la vie des humains et d'attendre les transports réguliers pour rejoindre un port d'où il pourrait embarquer vers l'Europe.

Cette attente fut un choc. Il y avait peu d'enfants à Pikrti, les quelques voyageurs avec lesquels il devait partager une grange travaillaient à un douteux trafic de peaux d'animaux. C'étaient des hommes brusques et aucun ne parlait l'anglais. Harold avait une modeste somme d'argent qu'il avait réussi à rassembler en vendant les chiens et le traîneau à son arrivée ; il fut détroussé de tout pendant son sommeil. Pour le reste de l'attente, il dormit mal, soupçonneux, inquiet qu'on lui dérobe les quelques vivres qui lui restaient. Cela faisait longtemps qu'il n'avait pas ressenti cette crainte au ventre ; un enfant seul dans un monde d'adultes hostiles.

Un improbable postillon finit par se présenter à Pikrti.

L'homme faisait le tour de la province de Kattiqi pour apporter le courrier. À chaque étape, il prenait ses aises et pouvait rester plusieurs jours à boire et à chanter sans se soucier du moindre calendrier, ce qui désespérait Harold qui grillait de partir.

Le départ se fit un matin clair et très froid. Le garçon fut admis sur le haut de la carriole, en plein vent. Il ignorait la durée du voyage jusqu'à Oulu, un port de commerce où, disait le postillon, Harold trouverait à s'embarquer pour le Danemark. Notre ami n'allait pas tarder à regretter les huit rennes volants : le postillon se s'arrêtait pas seulement aux étapes de sa tournée de courrier, il ne manquait aucun point du pays où il savait pouvoir recevoir une bonne ration d'alcool fort. À ce rythme, le garçon atteignit Oulu quinze jours après.

Là, pour embarquer, il ne trouva que des baleiniers en piteux état, gras, sales, sentant les tempêtes et la mort. Harold réussit à se faire engager comme aide-cuisinier sur le *Queen of Botnie* qui faisait escale à Helsingør au Danemark avant de plonger pour deux ou trois ans vers les mers du Japon. Au Danemark, Harold comptait débarquer et prendre un vapeur pour rejoindre l'Angleterre.

À bord, notre ami se trouva en présence d'un équipage de harponneurs, de géants muets, d'ours à tête de bois, bronzés, tatoués, criblés de cicatrices, le regard perdu, des pêcheurs de haute lutte pour qui il ne valait pas plus qu'un hameçon gâté. Harold reçut un hamac dans un entrepont sous la ligne de flottaison, mais celui-ci fut réquisitionné dès le premier jour par le harponneur en chef du *Queen of Botnie*, non pour y dormir mais pour y déposer ses affaires. Ce grand borgne était un tel cogneur que Harold renonça à se plaindre et s'accommoda d'une couverture dans la remise aux lances et aux massues.

Lorsque le garçon n'était pas à prier pour espérer la fin d'une tempête ou assis à fond de cale pour éplucher des pommes de terre, il s'étendait à la pointe du beaupré pour admirer les eaux qui filaient ; il songeait aux tapis d'êtres merveilleux qui avaient accompagné sa traversée avec les lutins. Maintenant les fonds étaient noirs, et pas une sirène ne venait danser autour de la coque. Un des marins lui dit que lorsqu'une baleine était harponnée et ramenée au bateau, toute la mer devenait rouge, rouge sang, l'écume elle-même était teinte du « jus de la bête ». Harold trouva cela écœurant et préférait rêver à son précédent voyage.

Un soir sur le pont, un homme de l'équipage annonça qu'il allait raconter une histoire *extraordinaire* ! Le garçon cessa tout pour se placer près de lui et ne rien manquer du récit. Une histoire extraordinaire, c'est tout ce dont il avait besoin en ce moment ! Et l'homme de commencer : c'était l'aventure de trois pêcheurs égarés dont un fut avalé par un cachalot et le deuxième mangé cru par le troisième après un combat fratricide. Tout le monde écoutait avidement.

Harold était bien déçu :

« C'est *cela* une histoire fantastique pour les adultes ? se dit-il. Mais c'est affreux. Ils sont fous ! Comment peut-on écouter des choses pareilles ? Elles ne font pas rêver... drôles d'adultes, vraiment. »

C'est peu dire qu'à l'arrivée à Helsingør, Harold quitta le *Queen of Botnie* ; il déguerpit plutôt du baleinier !

Avec la maigre somme recueillie pour ses services d'aide-cuisinier, Harold put acheter de quoi s'habiller autrement qu'avec ses fourrures du village des lutins.

Maintenant il devait trouver à repartir pour l'Angleterre. Le port d'Helsingør grouillait d'une activité incroyable. Des bateaux débarquaient leurs marchandises et leurs voyageurs ; il y avait partout caisses, tonneaux, bagages, sacs, cartons à chapeau. Mais personne qui parlât l'anglais. Les langues du Nord étaient hermétiques pour notre petit ami. Il erra sur les quais en espérant tomber sur quelqu'un qui saurait lui prêter oreille.

Enfin une voix hurla dans sa langue :

« Oui, celle-là, par ici ! Elle fera l'affaire. Apportez-la-moi ! »

Cette voix de compatriote allait décider de son avenir bien plus qu'il ne l'imaginait. Harold l'ignorait encore, mais il n'irait jamais au-delà de Helsingør.

« Oui, celle-là, c'est bien ! Je vous attends ici. »

L'homme qui parlait était un homme âgé qui faisait de grands signes à un autre individu perché sur le pont d'un navire avec des caisses et des malles à débarquer.

L'homme du quai vit que Harold le regardait intensément.

« Tu peux approcher, mon petit, je ne te mangerai pas. Viens plutôt m'aider.

– Bonjour, monsieur. Je m'appelle Harold.

– Moi, appelle-moi Nick.

– Savez-vous comment je pourrais retourner dans notre pays ? Je cherche un bateau. »

L'homme lui sourit mais ne répondit pas.

« Monsieur ? insista Harold.

– Attends, attends !... »

L'autre bonhomme arrivait avec sa malle. Il était plus petit et plus rond que celui qui se faisait appeler Nick. Il regarda Harold avec de grands yeux, surpris, et jeta un œil complice au plus âgé. Harold trouva ces deux-là, « entre deux eaux » comme disaient les hommes de la mer, mais il attendit, car ils semblaient être les seuls à parler sa langue en ce moment.

Nick prit la malle et l'éventra avec un couteau. Harold s'écarta. Ce que faisaient ces hommes ne lui semblait pas du tout être dans la légalité. La caisse ouverte montrait des rouleaux de tissus précieux et des breloques qui satisferaient sans doute beaucoup les dames de Copenhague. Les deux compères ne se cachaient absolument pas. C'est avec la meilleure décontraction que Nick se mit à fouiller le contenu. Enfin c'est ce qu'avait cru d'abord Harold inquiet, mais en fait, l'homme sondait du poing les parois de la caisse.

« Ah ! » fit-il.

Et voilà qu'il écarta des lattes de bois et commença d'en retirer des feuilles de papier plus ou moins roulées en boule. Harold se pétrifia : l'homme faisait comme son vieil ami Le Falou, il sortait des papiers et les inspectait pour voir s'ils étaient toujours lisibles.

« Cela va aller, mais je dois plier les lattes et aller plus profond. Tiens-moi ça, petit. »

Nick tendit une feuille à Harold puis reprit son étrange quête. Son gros compagnon regardait le garçon avec des joues rosées.

Harold avait la feuille dans les mains. Il s'attendait à trouver un vieux prospectus ou une page de gazette. Il regarda sans trop d'attention. Pourtant il se pétrifia.

« Comment ?... »

Il tourna la page dans tous les sens. Il n'y avait rien d'écrit.

« Mais ?... »

Seulement un dessin.

Un petit garçon pauvre des rues d'aujourd'hui. Un petit garçon... *exactement comme le dessin de la première page du premier sceau du grimoire des lutins* !

« Mais ?... »

Harold voulut parler, pourtant le vieil homme lui tendait déjà une deuxième page.

Un texte, cette fois.

Après ce long temps d'attente et d'abstinence, Lutins, votre Sauveur doit maintenant vous remettre au travail.

Le deuxième sceau ! La même phrase. La même phrase exactement.

C'était impossible. Incroyable.

Sans se soucier de rien, Nick présenta un troisième feuillet un peu froissé.

Harold le saisit, en tremblant.

C'était le texte qui appelait les lutins à quitter leur refuge d'Écosse. Le fameux « Mes amis, nous partons ! » du Chef.

Harold ne comprenait rien. Comment était-ce possible ? Comment le grimoire secret pouvait-il se trouver ici, à Helsingør ? C'était à en perdre la raison.

Nick tenait un quatrième feuillet dans les mains.

Était-ce la suite ? Le dernier sceau toujours fermé ? Était-il *là* ?

Harold tendit les bras en direction de la feuille. Mais Nick ne bougea plus. Le garçon vit alors que les deux hommes le regardaient en souriant.

Le second, le rondouillard, dit soudain :

« Nous y voilà, Harold Gui. »

Harold sursauta. À lui, il n'avait dit ni son nom, ni son prénom.

L'homme reprit, en désignant l'homme âgé :

« Lui s'appelle Nicolas, et moi... Moi, je suis Balbek. »

Balbek ? Harold connaissait ce nom. Les lutins ne l'avaient-ils pas prononcé une fois par mégarde ? Balbek... Balbek...

Mais qui était Balbek ?

Chapitre 6

Où le Génie se retrouve sur un gril ardent

Le rondouillard fit un geste du bras droit et tout disparut autour des trois personnages. *Tout*. Les quais, les navires, la foule qui se presse, les maisons de Helsingør, la jetée, la mer... Harold se retrouva dans un monde éthéré blanc et gris clair, une sorte de nuage silencieux.

Balbek reprit :

« Je suis ûn Génie domestique. Un ange, si tu préfères. Et Nicolas, c'est un saint. Je pense que tu as déjà entendu parler de lui ? »

Les deux hommes avaient complètement changé de physionomie. Balbek avait quitté ses oripeaux de simple matelot pour de larges habits blancs, flottants, il ne se tenait plus debout mais lévitait dans les airs ; Nicolas, lui, ne ressemblait plus à un marin, il arborait une longue barbe blanche et portait une houppelande rouge bordée d'hermine. Harold regardait autour d'eux. Ils étaient seuls.

« Qu'est-ce que cela veut dire ? demanda le garçon. Je ne comprends pas. Un ange... Saint Nicolas... Que faites-vous ici ? Je croyais que le monde était vide, abandonné par les êtres merveilleux, et voilà que je tombe sur vous, sur des lutins, sur des rennes volants...

– Nous, nous ne sommes que de passage, dit Balbek. Initialement, tu ne devais jamais faire notre rencontre. Pas dans ces circonstances, en tout cas. Mais les choses m'ont un peu échappé et j'ai dû requérir l'aide de Nicolas...

– Tu sais qui je suis ? demanda le saint à Harold. »

Saint Nicolas. Bien sûr, Harold avait entendu parler de lui, par Le Falou pour commencer. Il lui avait conté les histoires qui couraient sur le compte de ce saint généreux : il sauvait les enfants égarés, il ressuscitait les petits dévorés par des adultes, il avait même déposé des pièces d'or dans les chaussures de trois petites filles afin qu'elles leur servent de dot et que leur père les marie plutôt qu'il ne les vende au marché des esclaves pour couvrir ses dettes. De cet acte généreux était née l'idée que saint Nicolas voyageait dans le monde pour venir en aide aux malheureux enfants.

Ces histoires, Harold les connaissait.

« Maintenant, dit Nicolas, j'ai été fameux pour apparaître le 6 décembre, le jour de ma fête, offrir des présents aux enfants qui ont été gentils et honnêtes au cours de l'année écoulée. Mais moi, je me déplace dans le monde avec un âne et non sur des rennes volants comme tu en connais, je n'ai pas un millier de lutins habiles pour confectionner les présents des enfants et encore moins ce merveilleux papier cadeau que tu as mis au point. Ma mission est beaucoup plus austère. On m'oublie peu à peu, je me fais vieux... il faudrait quelqu'un pour prendre ma place. Reprendre le flambeau en quelque sorte. »

Les deux êtres regardèrent Harold, sans rien ajouter.

« Quoi ? dit l'enfant. *Moi* ? »

Harold ne volait pas comme un Génie domestique mais il fit un tel bond de surprise qu'il dépassa Balbek d'une tête.

Celui-ci dit :

« J'essaie de te souffler cette idée depuis de longs jours, mais tu n'entendais pas ; et puis tu as quitté le village des lutins... »

Harold fronça les sourcils.

« Mais c'est impossible, dit-il. Ce que vous me demandez... Je ne suis pas un ange, je ne suis pas un saint, *je suis un petit garçon* ! Personne ! Je ne suis personne !

– Détrompe-toi, dit Balbek. Tu es maintenant très connu. Tu es même très *attendu*.

– Comment cela ? »

Le Génie leva son bras et l'un des nuages se transforma en un vaste tableau parcouru d'images animées : Harold vit plein de petits enfants qui faisaient des prières, il reconnut aussi son ami Joe qui chevauchait avec joie son cheval à bascule en tenant la lettre que Harold avait signée d'après le quatrième Roi Mage, dûment rebaptisé par la presse, le Roi Noël.

« Ton présent à Joe a fait des émules, dit Balbek. Le Roi Noël est maintenant espéré dans toutes les chaumières où bat un petit cœur d'enfant. Regarde. Écoute. »

Et un chœur de milliers de voix enfantines envahit l'espace. C'étaient des recommandations, des prières, des demandes timides d'enfants agenouillés au pied de leur lit ou blottis dans le noir, cachés sous leurs draps : « Petit Roi Noël, s'il te plaît, viens me voir... » Harold n'en croyait ni ses yeux ni ses oreilles.

« Même ton ami Joe, dit Balbek. Il n'a jamais pensé à toi en recevant son cheval en bois, il s'est juste réjoui de cette première preuve, *enfin*, de l'existence d'un roi de Noël qui viendrait distribuer les présents rêvés des petits... Tu es attendu, Harold. Vas-tu décevoir ces enfants ? »

Mais Harold se tourna vers saint Nicolas.

« C'est à vous d'y aller, dit-il. Pourquoi ne devenez-vous pas le Roi Noël ?

– Parce que c'est *toi* qui as été choisi pour cette mission. Lorsqu'on m'a demandé de remplacer mon prédécesseur, je n'ai pas protesté, même si la tâche me paraissait au-dessus de mes moyens.

– Du reste, renchérit Balbek, n'as-tu pas souvent rêvé de pouvoir créer des jouets pour les enfants malheureux au temps où tu étais à Cokecuttle ? Tu as toujours su que les choses ne pouvaient rester ainsi, que les enfants ne pouvaient être réduits à de simples instruments dans des usines, qu'il leur fallait du rêve comme Le Falou te le disait...

– Que dirais-tu, reprit Nicolas, que dirais-tu de quelqu'un à qui l'on offre une si incroyable chance de bouleverser l'existence des enfants du monde et qui la refuserait ?

– Je dirais, dit Harold, que si ce n'était pas la bonne personne, il a été bien sage de renoncer.

– Et s'il se trompait ? Son seul manque de confiance serait alors dramatique, ne trouves-tu pas ?

– Mais pourquoi moi ?

– Tu as été choisi comme le plus apte. »

Harold réfléchit.

Pendant ce temps, Balbek commença à tourner avec beaucoup de nervosité. Il était littéralement sur un gril dans l'attente de la réponse de Harold. Il jouait beaucoup en ce moment. Le Génie avait dû une nouvelle fois rompre les lois de sa nature en se présentant à l'enfant. Si Harold refusait, c'en était fait de lui. Un second échec après celui des lutins au temps du Grand Départ et... non, décidément, Balbek ne retournerait jamais au Conseil des Anges, et Noël serait enterré avec lui. Voilà, il avait tout raté.

« Je devrai rester tout le temps au Pôle avec les lutins ? demanda Harold.

– Pas nécessairement, dit Nicolas. Mais il est vrai que tu vas devenir un personnage secret, tu devras cacher ton identité et protéger la magie qui va t'entourer. C'est une mission difficile. Mais comme elle est belle !

– Eh oui ! surajouta Balbek, penses-y ! Tu vas voler dans les airs, faire mille fois le tour du monde, créer les jouets les plus fous, les amusements les plus invraisemblables, toujours t'égayer et rire aux éclats avec les lutins, loin de ce monde terrible qu'habitent les adultes. Vois seulement, quelques heures après avoir quitté le village des lutins, ce que tu as dû endurer ! La rudesse du monde, la traversée avec les harponneurs, ces grands qui sont si mauvais... Au lieu de cela, tu vas devenir un enfant au service des enfants, tu n'auras pour seule mission que de les surprendre toujours un peu plus ! Tu n'imagines pas encore où cette incroyable aventure peut te mener ! Pense-le comme le plus grand jeu jamais proposé à un enfant !

– Qu'attendez-vous de moi *exactement* ?

– C'est simple, dit Nicolas. Nous voulons que tu te charges de la livraison des présents confectionnés avec les lutins. Mais nous voulons que tu les livres tous et pour tout le monde *à la nuit de Noël.*

– La nuit de Noël ! bondit Harold. Une seule nuit ? Mais... Mais c'est impos... »

Il aurait bien dit « impossible » mais ce mot resta étranglé. Après tout il était en train de discuter paisiblement avec un ange et un saint dans un monde tapissé de nuages. « Impossible » était sans doute une injure dans un monde pareil.

« Mais comment faire ? En une seule nuit ?

– Acceptes-tu ? demanda Balbek nerveusement.

– Attends, attends, tempéra Nicolas. Il faut laisser du temps à ce petit. D'abord je te propose d'accomplir un Noël. Juste un. Tu verras ce que nous pouvons t'apprendre et comment un tel miracle peut se réaliser sur terre. Ensuite, tu choisiras. Cela te convient-il ? »

Balbek se dit que saint Nicolas était un bien meilleur négociateur que lui et qu'il avait eu raison de l'appeler à sa rescousse.

« Un Noël, alors ? »

Le mur d'images continuait de présenter des enfants de tous les pays en train de rêver au Roi Noël. Beaucoup d'orphelins s'adressaient à lui comme à un autre « papa ».

Harold regarda saint Nicolas. Bien qu'il ait changé de vêtement, il tenait toujours dans les mains la quatrième feuille extraite de la malle de Helsingør. La quatrième page du quatrième sceau du livre magique ?

« Puis-je la voir ? demanda l'enfant. »

Nicolas sourit.

« Bien entendu. »

Il tendit le papier. Harold l'examina avec avidité. Ce qu'il vit l'estomaqua :

C'était un dessin; mais pas une image figée, immobile, comme dans les livres des bibliothèques, c'était une image en mouvement, comme sur le nuage; il distinguait la *scène exacte* qu'il était en train de vivre, lui, Nicolas et Balbek dans les nuages. Tout était identique : il se voyait « voir la page avec surprise », le saint sourire, et Balbek faire ses tours sur lui-même, paniqué.

« Un livre magique ne l'est pas pour rien, dit Nicolas. Celui-ci n'est jamais écrit, il *s'écrit* avec le temps qui passe, il ne prophétise rien, il s'ouvre au moment où les choses sont décidées. Là, tu vois l'image qui varie, et elle ne s'arrêtera que lorsque tu auras fait ton choix. Alors, le dessin se figera et restera tel, à jamais. »

Harold fit un pas et son image sur la page fit un pas elle aussi.

« C'est amusant.

– Ce livre des lutins recèle encore beaucoup de secrets qui te sont destinés, dit Nicolas. »

Harold sourit à son tour.

« Le *Pouvoir* ?

– Tu comprends vite, nota Nicolas en relevant ses sourcils.

– Le *Pouvoir* qui a fait fuir tous les êtres magiques au Grand Départ ? Le *Pouvoir* qui devait rester ignoré des hommes ? C'est lui, c'est ça ? Vous allez me l'enseigner ?

– Oh, une partie seulement. Ce dont tu auras besoin pour accomplir ta tâche de Noël... mais c'est déjà beaucoup. »

Alors Harold revit le visage plein de bonhomie de son ami Le Falou adossé à son pont devant les eaux huileuses du Hollowspring. L'homme souriait, regardant les étoiles entre les toits mornes de Cokecuttle. Il rêvassait. « Il était une fois un quatrième Roi Mage, un mage qui manqua le départ pour Bethléem et qui cherchait les enfants... » commença-t-il à raconter, de son ton inimitable.

« Il était une fois... »

« J'accepte », dit Harold.

Chapitre 7

Où Harold est convaincu que le mot « impossible » est désormais privé de sens

À peine Nicolas et Balbek approuvèrent-ils d'un sourire que Harold se retrouva projeté hors du nuage, de retour dans sa maison du village des lutins en Finlande.

Pour être précis, il se vit dans la position exacte qu'il avait eue avant de partir, seul face à son miroir, en train d'inspecter les traits de son visage, d'examiner ce que son aventure avait changé en lui.

Harold tourna sur lui-même ; tout était identique à ce moment du passé, son sac de voyage était là, les bruits annonçaient dehors les derniers préparatifs de la fête organisée pour son départ.

« Pourtant... »

Pourtant il se souvenait parfaitement du postillon de Pikrti jusqu'à Oulu, puis du baleinier vers Helsingør ! Et de la rencontre de l'ange et du saint. L'avaient-ils renvoyé dans le temps ?

Il s'observa de nouveau dans la glace. Autre chose avait-il changé ? Il ne se souvenait de rien entre la fin de sa conversation avec Balbek et Nicolas et son retour ici. Où était-il passé ? Combien de temps s'était écoulé ? Avait-il appris des choses ? Maîtrisait-il le *Pouvoir* ?

Il eut beau s'inspecter de toutes parts, remonter loin dans sa mémoire, il ne se sentait nullement différent. Inchangé.

Étrange.

Avait-il rêvé ?

Non. Le seul point qui n'était plus le même, il le savait, c'était qu'il n'avait plus du tout l'intention de quitter ses amis les lutins. Au contraire. Il avait une mission à remplir. Et il fallait s'y mettre au plus tôt.

Tel était son état d'esprit lorsqu'on heurta à sa porte.

Le Chef des lutins entra. Très excité. Un sourire ouvert jusqu'aux deux oreilles.

« Regarde, Harold ! Un nouveau miracle. »

Deux lutins portaient le fameux grimoire magique.

« Sans prévenir, dit le Chef, le dernier sceau s'est ouvert ! Regarde ! Une nouvelle image. Tu dois pouvoir l'interpréter, j'espère... »

Harold sourit et s'approcha du dessin.

Trois personnages. Balbek, Nicolas et lui. Le Génie faisait un « ouf » de soulagement et de joie, Nicolas souriait, Harold venait de dire « J'accepte ». Le dessin était immobile, comme tracé depuis très longtemps.

« Oui, dit-il, je sais ce que c'est.

– Eh bien ?

– Eh bien... je ne pars plus. Je reste au village ! Mais croyez-moi, nous avons beaucoup de travail maintenant. »

La fête à laquelle nous avons déjà assisté dans la fabrique des lutins, avec les tables arrangées autour du grand sapin lumineux, se déroula cette fois avec un surplus de joie et d'invention ; imaginez que le Chef annonça dès le début que Harold avait changé d'avis et qu'il demeurait parmi eux !

Le garçon fit trois annonces qui allaient rester dans les annales de l'histoire universelle des lutins :

« Nous fabriquerons des jouets que nous livrerons tous, et dans le monde entier, le soir de Noël ! »

Réaction prévisible de l'assemblée : « Mais c'est impossible ! »

Harold poursuivit :

« Il importe que les enfants reçoivent les jouets qu'ils ont désirés ! Pour cela nous allons obtenir les volontés de tous les petits qui penseront à nous.

– Mais c'est impossible !... »

Enfin Harold enfonça le clou :

« Nous sommes le 30 septembre. Tout doit être bientôt prêt. Nous démarrons pour le prochain Noël. »

Vous vous en doutez, c'est un « Mais c'est impossible » qui lui répondit encore.

« Ne vous inquiétez pas, dit le garçon. Je vous expliquerai comment nous allons agir, au fur et à mesure. Le travail est pour demain. Ce soir, célébrons, faisons la fête ! »

Pour le coup, personne ne trouva cette injonction au-dessus de ses forces ou passible d'impossibilité. Aussi l'on chanta et l'on dansa toute la nuit autour du sapin.

*

Le lendemain, Harold prit les choses en main, et tout changea dans le village des lutins.

Il lança plusieurs chantiers. Par un effet qu'il avait du mal à analyser, les idées lui venaient toutes seules, évidentes, claires, nettes et précises. Sans y être préparé, Harold sentait cependant ce qu'il avait à faire. Il avait surtout une petite idée du personnage rondouillard qui lui soufflait ces *idées*...

Il commença par réquisitionner trois lutins pour mettre au point une balance d'un genre très particulier ; elle avait deux plateaux de poids dont un reçut une boîte hermétique, sans ouverture ni couvercle. Les lutins ignoraient à quoi cette balance devait servir. Resté seul avec l'engin, Harold tourna longtemps autour en s'interrogeant :

« Et maintenant ? Comment lui donner une âme ? Cette balance doit vivre... je le sais... »

En réponse à ses questions, une petite lueur finit par apparaître dans les airs. Nullement impressionné, Harold s'en approcha. C'était un tout petit point lumineux. Le garçon dut emprunter une loupe aux ingénieurs de la fabrique pour pouvoir le distinguer de près : il vit alors une sorte de petite fée, un angelot entouré de son halo doré. La fillette avait un air timide et osait à peine regarder Harold dans les yeux.

« C'est eux qui t'envoient, n'est-ce pas ? »

Elle fit un signe affirmatif du front en tordant ses petites mains.

« Je suis Alye.

– Bien. »

Alors la lueur virevolta et pénétra à travers les parois de la boîte fermée conçue par Harold. Sa lumière resta à l'intérieur.

À la fabrique, le garçon avait fait mettre en place une grosse machine d'imprimerie. Il demanda la copie de milliers de petits cartons colorés.

« Montre-les-moi » demanda-t-il au responsable de l'impression.

Le lutin lui tendit un carton. Il était blanc, entouré d'une belle collerette de houx et de gui. Au milieu, un petit texte était écrit à l'intention des enfants : ils devaient mettre par écrit les bonnes et les mauvaises actions qu'ils avaient commises pendant l'année écoulée ainsi que le jouet qu'ils aimeraient recevoir en guise de récompense. Au dos étaient inscrites les modalités techniques. Le carton était signé du *Roi Noël*, nom popularisé par le rédacteur en chef du *Cokecuttle Globe*.

« Attendez, dit Harold. Quelque chose ne va pas ! »

Il trouvait soudain l'idée de royauté un peu pompeuse. « Je ne suis le Roi de rien, ni de personne. Il faudrait quelque chose de plus doux, de plus sympathique pour les enfants, non ? »

Il interrogea le Chef et quelques lutins à ce sujet. Tous admirent que l'emploi de Roi était malheureux. On essaya plusieurs formules : P'tit Noël, Monsieur Noël, Santa Noël. Harold se rappela alors sa rencontre avec Balbek et Nicolas, et les enfants vus en prière sur le nuage animé : certains, orphelins, se référaient au « quatrième Roi Mage » comme à un Papa Noël. Ils voyaient en lui un nouveau père, généreux et bienveillant.

« Le Père Noël, c'est beaucoup mieux ! Ils le reconnaîtront... et c'est plus agréable. »

On changea le nom sur les cartons. Un lutin avec de grosses lunettes et une plume glissée sur le haut de l'oreille droite, approcha pour être mis au fait de la modification ; il portait un paquet de livres, des dictionnaires. C'était le lutin traducteur, chargé de rédiger les cartons dans toutes les langues.

Harold avait aussi fait construire un traîneau immense. Le plus grand qu'il se pût imaginer. Il avait son idée pour le conduire. Harold avait appris le langage magique des animaux, celui du *Pouvoir* ; il discuta avec les rennes. Il souhaitait les faire voler ensemble, constituer un unique attelage aérien. Le don et la force des rennes devaient s'accumuler et permettre de traverser la nue à des vitesses vertigineuses. Dasher et ses amis acceptèrent avec joie.

À mesure que les cartons sortaient de la fabrique, ils étaient rangés dans la hotte du grand traîneau.

Dans la maisonnette de Harold, un lutin vint lui rendre visite. Il transportait une sorte de présentoir avec des clochettes posées dessus.

« J'ai huit exemplaires à vous proposer. »

Harold se pencha et fit résonner une à une les petites cloches. Il faisait une moue négative à chaque sonnerie. Il hésita sur les deux dernières.

« Je pense que c'est entre ces deux-là. Nous ne sommes pas loin.

– Bien. J'y retourne. Ce ne sera pas long. »

Dans la fabrique de jouets, tout était prêt pour se jeter dans de prochaines cadences infernales. On attendait avec impatience le choix des enfants pour les jouets à confectionner. En attendant, les murs furent recouverts d'horloges et de calendriers ; les lutins savaient qu'ils auraient un temps très compté afin d'être prêts pour le soir de Noël. Ils ne voulaient manquer ni une minute, ni même une seconde. Les dizaines de tic tac envahissaient la vaste pièce toujours ornée de son beau sapin.

Harold était prêt pour la première étape de sa mission : la distribution des cartons. Nous étions le 1er décembre 1852. Les cartons imprimés pour les enfants mentionnaient précisément que leurs réponses devraient être toutes rédigées pour le 6 décembre, *jour de la Saint-Nicolas*. Harold avait sciemment mentionné le nom du saint, espérant que celui-ci serait lié à l'événement. Après tout, il ne s'agissait ici que de prendre une relève ; saint Nicolas ne devait pas être oublié.

Cette dernière idée, Harold se demandait si elle venait de lui, ou si Balbek la lui avait inspirée. En tout cas, il y tenait particulièrement : le Père Noël et saint Nicolas ne devaient pas être séparés l'un de l'autre.

Harold s'envola le soir du 1er décembre.

Tous les lutins étaient réunis à l'extérieur du village pour assister à l'événement. Les huit rennes étaient liés ensemble au traîneau géant. Ils s'arrachèrent du sol comme un oiseau, aussi vifs et aussi légers.

Harold fit un signe de la main à ses amis lutins puis disparut dans la nuit.

En tout et pour tout, il mit vingt-quatre heures à parcourir le monde entier. Il suivit avec précaution la progression de la nuit autour du globe pour rester invisible.

S'il s'est parfois rencontré sur terre des pluies assez mystérieuses (pluie de météores, de grenouilles, nuage de sauterelles, etc.) personne n'avait encore rapporté une averse de petits papiers comme celle-là. Harold inonda le ciel des villes, passa au-dessus des villages, reconnut les plus petites habitations isolées à la lumière de leurs lampes ; la terre fut couverte des cartons du Père Noël. Impossible d'y échapper. Impossible qu'un enfant ne soit soudainement mis au courant de la demande de l'incroyable personnage : *coucher par écrit ses bonnes et ses mauvaises actions de l'année et désigner un jouet pour récompense.*

Harold et les rennes s'amusaient comme des fous ; ils découvrirent un monde plus grand, plus peuplé qu'ils ne l'imaginaient. Et puis les architectures différentes, les terres, les forêts dont émanaient des parfums si variés ! Il n'y avait pas un monde mais des dizaines de mondes sur la même terre !

Le 2 décembre au matin, c'était partout un mélange de joie et de consternation. Tout le monde ne parlait que de cette nouvelle apparition de l'homme de Noël, après le célèbre miracle du petit Joe de Cokecuttle !

Les journalistes et les reporters s'étaient emparés de l'affaire. Tous les adultes s'accordaient sur un point : mais quelle était donc cette « société de fabrication de jouets » qui avait mis au point un si puissant arsenal publicitaire ? On cherchait partout les propriétaires. Les Bourses des grandes places financières frémissaient à l'idée d'acquérir des actions d'une telle entreprise !

Pour les enfants, c'était tout autre, évidemment. Ils avaient pris la demande du Père Noël pour ce qu'elle était, et tous de chercher de l'encre et du papier afin d'y répondre. La grande majorité, qui ne savait pas écrire, s'arrangeait comme jamais pour trouver une personne de confiance à qui elle pourrait dicter son texte ; tous s'en voulaient de ne pouvoir le faire par eux-mêmes et se juraient déjà d'apprendre au plus vite à écrire pour répondre à d'autres cartons du Père Noël ! Les maîtres d'école ne virent jamais une telle soif d'apprendre à tourner les phrases !

« Cher Père Noël, je crois avoir été bien sage cette année... (...) Peux-tu me faire parvenir une panoplie de pirates ? (...) Une poupée comme celle de la vitrine de Harrow Street ? (...) J'ai un peu assommé mon petit frère, c'est vrai, mais je m'en repens bien fort. » Et cetera. Pas un confessionnal, pas une oreille attentive n'avait entendu d'aveux aussi humbles et francs.

Au dos du carton était marquée la date de réponse de la Saint-Nicolas ainsi qu'une demande pour que toutes les lettres (glissées chacune dans une enveloppe afin de ne pas être lue par des yeux indiscrets) soient regroupées à l'emplacement le plus élevé de la plus grande ville la plus proche.

Les adultes, toujours fascinés par l'argument publicitaire sans précédent de la chose, laissèrent faire les enfants et les aidèrent. Pour exemple, à New York, les trente sacs de toile remplis de lettres furent hissés en haut de l'échafaudage de la tour *Vanderbilt* alors en construction pour devenir la plus haute de l'île de Manhattan. Les sacs furent escortés par une kyrielle de journalistes et de photographes qui riaient d'avance d'avoir si bien répondu au « Père Noël » : « On verra s'il n'a pas trop le vertige ! »

À minuit, les reporters étaient toujours en place et regardaient si personne ne venait des escaliers et des ascenseurs mécaniques pour récupérer les lettres.

« Personne. »

Un photographe voulut immortaliser cette prévisible déception pour la une de son quotidien : la poudre au phosphore de son flash inonda la nuit de lumière au point d'éblouir tout le monde autour.

L'instant suivant, il n'y avait plus un seul sac en haut de la *Vanderbilt Tower*. Plus rien ! Évanouis !

C'était à n'y rien comprendre. Les journalistes pensèrent qu'ils avaient dû tomber ou être emportés par le vent. On les retrouverait certainement éparpillés dans les rues... Il devait y avoir une explication *logique* !

Et pourtant, partout dans le monde, en ce soir de la Saint-Nicolas, les paquets de lettres des enfants disparurent dans le mystère le plus complet. Ce dernier dérouta fortement les adultes mais réjouit les tout-petits. C'était une nouvelle preuve de l'existence du Père Noël.

Harold était parti du village avec les rennes à la première minute de la première heure de la Saint-Nicolas. Il revint au soir avec son attelage rempli des sacs de lettres des enfants et il les déversa dans une salle construite pour l'occasion près de la fabrique de jouets.

(Il est à noter qu'à ce moment les lutins eux-mêmes ne comprenaient absolument pas comment il avait pu opérer un tel miracle ! Récupérer toutes ces enveloppes en un seul jour et sans être vu de personne !)

Dans la salle de « dépouillement », Harold demanda qu'on amène la mystérieuse balance qu'il avait fait confectionner quelques semaines plus tôt.

« Avant d'ouvrir les enveloppes, dit-il, elles doivent être posées une à une sur le plateau gauche de cette balance. Si celui-ci penche résolument, c'est que l'enfant qui l'a écrite ne mérite pas de cadeau, ou qu'il a menti dans la désignation de ses bonnes actions. Ces lettres n'ont pas besoin d'être ouvertes. Pour les autres, la balance restera en parfait équilibre. Ouvrez-les alors et classez-les par type de jouets puis par pays. Bon courage. »

Tout le monde était impressionné par l'incroyable volume de lettres proposées. Il y avait donc tant d'enfants que ça dans le monde ?

La balance de justice opéra (aidée par la fée enfermée dans sa petite boîte et qui reconnaissait le bien du mal, sans risque d'erreur). Le tas des mauvais enfants et des menteurs était plus maigre qu'on ne pouvait le craindre. Ceux-là attendraient un prochain Noël pour être récompensés. Dans certains refus de la balance, il se trouvait du reste des lettres d'adultes qui voulaient eux aussi recevoir un présent du Père Noël !...

Cher lecteur, si je t'invitais à reprendre ta position suspendue au-dessus du sol comme au début de notre aventure (nous en avons fait du chemin depuis les toits de Cokecuttle, n'est-ce pas ?), eh bien, une nouvelle fois, tu n'en croirais pas tes yeux ! Il te paraîtrait impossible que ces industrieux ouvriers puissent œuvrer pour la première fois à ce qu'ils faisaient : tout était si vif et si précis, leurs gestes si calculés et si sûrs, les peluches d'un côté, les soldats de bois de l'autre, les trains, les maquettes, les bilboquets, les osselets, les balles à jouer, on aurait dit qu'ils avaient confectionné cela toute leur vie ! La richesse d'invention, la finition, les merveilleux papiers cadeaux, l'étiquetage (avec nom et adresse d'après les lettres des enfants), tout cela mû par leurs petites mains, leur entrain formidable et cette gigantesque machine animée par de simples flocons de neige... Non, décidément, mon lecteur, je me refuse à te remettre dans les airs pour voir un tel spectacle !

Pendant que la fabrique marchait à plein régime, Harold inspectait tout, sans trop d'appréhension. Il eut toutefois une nouvelle idée ; il s'en ouvrit au lutin pâtissier du village. Il lui expliqua ce qu'il désirait.

« Il me les faut pour le jour de la distribution des cadeaux. »

On ignore ce qu'il demanda au pâtissier, mais le pauvre lutin devint tout pâle, et, très préoccupé, retourna à ses fourneaux.

Le reste du temps, Harold essayait les derniers jouets mis au point par les lutins. Là encore, il faut avoir gardé une âme d'enfant pour mesurer la joie et la passion que pouvait mettre Harold à ce « travail ». Des jouets par centaines, les essayer, les inspecter, les corriger, mesurer le divertissement, et cela à longueur de journée et sans personne pour vous interrompre et vous faire accomplir vos devoirs de classe ou ranger votre chambre (ou aller curer une cheminée pour Harold, se déchirer les poumons dans une carrière de cailloux ou tuer des rats à l'arc pour pouvoir survivre !). Harold était l'enfant le plus heureux du monde, et il s'apprêtait à faire autant d'heureux autour de lui en s'assurant que leurs jouets seraient parfaits. À chaque malfaçon, il les faisait retravailler par les lutins.

Seul un voile de tristesse passa sur ses yeux le jour où le lutin aux petites cloches se présenta de nouveau pour lui faire entendre ses dernières créations.

Harold saisit une clochette et la porta à son oreille droite. Il la fit tinter une fois et se figea.

« C'est cela ! »

Pas de doute possible, Harold aurait reconnu cette tonalité entre toutes : la clochette du Falou !

« C'est ce son. Bravo. Merci.

– Ce n'est rien.

– Si, c'est très important pour moi. Faites-m'en une cinquantaine identiques. Pour Noël.

– Ce sera fait, Harold. »

Resté seul, le garçon médita avec un peu de mélancolie. C'était étrange comme un simple son ou une simple odeur pouvait vous ramener loin en arrière, faire renaître des personnes disparues, les rendre proches, comme si elles étaient en face de vous. Harold pensa longtemps au Falou. Qu'aurait-il dit de l'aventure dans laquelle il était entraîné aujourd'hui ?

Alors, pour la première fois depuis son retour, Harold sentit une larme rouler sur sa joue.

Mais au même instant, une grande silhouette élancée apparut devant lui, dans un halo de lumière magique ; c'était une dame, aux longs cheveux, une longue robe noir et bleu comme la plume des corbeaux.

La Fée Dora se matérialisa devant Harold.

« Il ne faut pas être si triste, mon petit. »

Chapitre 8

Où Harold est enfin récompensé de toutes les peines qu'il a endurées au cours de ces pages

« Bonjour, madame, dit le garçon en se relevant et en essuyant sa larme de la main.

– Bonjour, Harold. »

La Fée Dora approcha. Le halo de lumière disparut et la femme se mit devant l'enfant, grande et impressionnante. Elle ne paraissait pas marcher mais survoler, les plis de sa robe flottaient au ras du sol.

« Je m'appelle Dora. Je comprends que tu sois mélancolique. Il y a beaucoup de questions sur ta vie qui restent en suspens, et tu es seul face à un destin hors du commun, personne à qui parler. Les lutins ont oublié depuis longtemps que tu n'étais qu'un petit orphelin de neuf ans et que ton existence avait si vite changé. Lorsque tu penses à tout cela, tu as soudain peur et tu t'inquiètes. C'est normal.

– Oui, c'est cela, madame.

– Que sont devenus tes amis ? Où sont-ils ? Les reverras-tu ? Sont-ils heureux ? Ce sont des angoisses naturelles. Viens avec moi. Toi aussi, tu mérites bien un “ Noël ” ! »

Le halo lumineux reparut et enveloppa Dora et l'enfant.

Sans la moindre impression d'espace, de temps ni de mouvement, notre ami se retrouva avec la Fée au-dessus d'un monastère de bénédictins dans l'hémisphère sud ; il faisait un beau jour d'été, le cloître était agrémenté d'arbres fruitiers et de fleurs de toutes les couleurs. Une fontaine aux trois grâces sifflait mélodieusement. Un paradis.

« Où sommes-nous ? » demanda Harold.

Mais un moine entra sous le péristyle. C'était un homme encore jeune, la tonsure ornée d'un cheveu très blond. Grand et fort, le visage lumineux.

« Je te présente Gabriel Gui, dit la Fée Dora. C'est le religieux qui t'a recueilli à la porte de son abbaye quelques heures après ta naissance. C'est à lui que tu dois de vivre. Ici, il ne peut ni nous voir ni nous entendre. »

Harold avait entendu parler de lui, il savait qu'il lui devait son nom, mais il n'avait aucune idée, aucun souvenir de ce à quoi il ressemblait. Il était très touché de dévisager cet homme si important dans son existence.

« Aujourd'hui, dit Dora, grâce à toi, nous allons tâcher de *récompenser* ce jeune homme et qu'il se félicite de sa bonne fortune... »

La cloche du monastère sonna au loin. Un visiteur arrivait.

« Gabriel a été séparé de son frère Edgar très jeune. Il n'a plus de nouvelles de lui depuis des années et pense ne jamais le revoir. C'est pourtant ce frère perdu qui vient miraculeusement de sonner au portail du monastère. »

On accourut appeler Gabriel.

« Crois-moi, dit la Fée, Gabriel se souviendra de ce jour comme du plus beau de sa vie. »

Harold en était infiniment heureux pour lui.

Le halo de lumière l'envahit de nouveau et il se retrouva dans une maison isolée dans la périphérie de Sacramento. En Amérique !

C'était le soir. La Fée et lui se trouvaient dans la pièce où dînait une petite famille. La maison n'était pas richement décorée, mais tout ici respirait le bon air, la joie de vivre et l'harmonie que donnent de jeunes enfants sous un toit. Harold vit une mère qui s'apprêtait à servir un bon repas, et trois petits garçons. Ses regards demeurèrent sur la femme. Il avait l'impression de l'avoir déjà vue quelque part ou de connaître ses traits, son regard.

« C'est ta mère », lui dit Dora.

Harold se figea. Instantanément sa vue se troubla, un nœud au ventre l'empêcha presque de respirer.

« Ma mère ?

– Et eux sont tes petits frères. »

Toujours invisible, notre ami avança, en hésitant, bouleversé.

« Ta mère a été bien malheureuse autrefois. Lorsqu'elle t'a abandonné, elle n'avait pas d'autre choix, c'était pour le mieux, à ce moment de sa vie. Elle te confiait à des gens de Dieu en pensant qu'ils sauraient s'occuper de toi. Elle, elle embarqua dans un bateau qui prenait l'eau de partout pour quitter l'Angleterre et refaire sa vie sur le nouveau continent. Ce qu'elle a fait. »

Un homme entra.

« Papa ? demanda Harold.

– Oui. »

Harold n'en revenait pas. Sans Dora, jamais il n'aurait pu mettre des visages sur ces mots si pénibles pour lui de papa et de maman. Et voilà qu'il avait aussi des petits frères ! Il pleurait et riait de joie en même temps.

« Sache qu'ils ne t'ont jamais oublié, Harold, dit la Fée. Il n'est pas un soir sans que tes parents songent à ce nourrisson qu'ils ont dû laisser derrière eux. Ils savent que dans ce coin d'Amérique où ils vivent désormais, ils n'ont plus aucune chance de te retrouver, alors ils prient beaucoup pour toi, en espérant que tu sois toujours en vie et que tu sois heureux. »

La Fée Dora étendit son bras droit et un voile clair vint se poser sur la petite famille, sans qu'elle s'en aperçoive.

« Tu as ma promesse, dit-elle, que nous veillerons toujours sur ta famille ; tes parents et tes frères et les enfants qui viendront encore seront protégés du malheur toute leur vie ; je te jure qu'ils ne connaîtront plus la faim, la peur, l'injustice ni les drames. Sois rassuré, le bien que tu fais autour de toi les atteindra aussi. »

Harold regarda Dora avec ses yeux de larmes.

« Merci. »

Alors, un de ses frères à table, après le bénédicité, regarda son père et demanda avec beaucoup d'anxiété :

« Papa, dis-moi, crois-tu que nos lettres ont bien atteint le Père Noël ? C'est maintenant dans quelques jours seulement... il viendra, n'est-ce pas ? Il viendra ?

– Tu es un enfant sage, il n'y a pas de raison qu'il t'oublie, dit la mère.

– Et puis Noël est le jour qui a vu naître notre petit Jésus, dit le père. Tout est possible. Il suffit d'y croire. Mange maintenant. Mange, mon petit... »

Dora sourit et transporta Harold dans différentes petites familles à travers l'Angleterre ; c'étaient les familles d'accueil de ses anciens amis de l'orphelinat de Miss Parrott et de la ferme de son frère Maître Parrott. Depuis le grand nettoyage opéré par Lord Chubblewig, les malheureux orphelins avaient trouvé des toits beaucoup plus hospitaliers ; tous, en ce moment, étaient en attente du miracle du Père Noël, sans se douter un seul instant qu'il s'agissait de leur ancien condisciple d'infortune !

Harold fit avec Dora un tour en Inde où Lord Chubblewig retournait enfin après avoir déserté sa belle-famille de Cokecuttle. Quelle joie de retrouver ces merveilleux paysages et ces merveilleuses gens ! Chubblewig semblait avoir rajeuni de quinze ans.

Notre ami voyagea jusqu'à la maison de la marraine de la jolie Lucie, la demoiselle qui lui avait offert le dessin du cadeau illuminé pendant son voyage en Écosse. La marraine était toujours souffrante et proche de la mort ; Dora lui rendit la santé, et à Lucie, le sourire.

Mais le voyage le plus divertissant pour Harold fut celui vers l'île de Norfolk où croupissaient Miss Parrott, son frère et Donald Spade. Pour dire le vrai, ce sont les autres détenus et même les surveillants de la prison qui avaient l'impression d'avoir été punis par la Chancellerie de Cokecuttle ! Miss

Parrott tyrannisait son monde, ici comme à l'orphelinat, un forçat haut de deux mètres comme un rejeton de l'Assistance publique ! Une vraie diablesse !

Harold en riait encore lorsqu'il se retrouva dans sa maison de bois au village des lutins, avec Dora.

« Nous veillerons sur tous les gens que tu aimes », lui dit-elle.

Elle tendit la main.

Une enveloppe.

« C'est pour toi. »

Harold la prit et reconnut l'écriture au dos : « Pour Harold ». C'étaient les lettres fines et bouclées du Falou !

Il ouvrit la lettre nerveusement.

Sur le papier il n'y avait rien d'écrit ; seulement un visage de dessiné, celui de son vieil ami. Mais le visage au crayon noir n'était pas immobile, Le Falou le regardait et lui souriait :

« Je suis très fier de toi, mon petit Harold, dit-il. Tu es la preuve qu'il ne faut jamais renoncer à l'impossible ; tu vas redonner du rêve aux enfants, réchauffer leur cœur, devenir le personnage principal d'une fête délicieuse où les petits et les grands vont se retrouver. Je te souhaite la meilleure réussite. Amuse-toi bien. Et pense à moi de temps en temps. À bientôt, mon petit... »

Le Falou sourit et son image disparut sur la feuille blanche.

« Encore merci, dit Harold très ému à la Fée Dora.

– Une dernière chose, dit-elle. Tu es toujours libre de ton choix après ce Noël, comme convenu avec saint Nicolas, sache seulement que tant que tu resteras ici avec les lutins, tu demeureras un enfant. Le temps n'aura pas de prise sur toi. Tu conserveras cet esprit vif, émerveillé et joyeux qui convient à ta mission. Mais il n'est pas question, et il ne serait pas juste, de t'enfermer ici à jamais.

– Oui ?

– Pour pouvoir retourner dans les villes le restant de l'année, hors de la période de Noël, il faut que ta silhouette passe inaperçue.

– Que voulez-vous dire ?

– Ce n'est qu'un conseil : si tu es photographié, ou même simplement vu pendant la distribution des cadeaux de Noël, ton visage de Harold Gui sera rendu immédiatement célèbre ; tu ne pourras plus aller nulle part sans te cacher ou te travestir. Par exemple tu seras embarrassé lorsque au fil du temps tu voudras inspecter les grands magasins de jouets pour découvrir les nouveautés qui plaisent aux petits. »

Harold songeait surtout à la possibilité de retourner vers Sacramento pour connaître un peu sa famille.

La Fée poursuivit :

« Je pense qu'il est plus simple que tu changes de silhouette pour Noël. Tu t'es appelé le Père Noël ? Eh bien *deviens-le*.

– Mais comment ? »

La Fée fit apparaître un beau miroir sur pied.

« Ce miroir est le mien, dit-elle. Il est assez particulier, il ne reflète pas les traits de la personne qui le regarde, mais ses *pensées*. Avec lui, tu pourras tout imaginer et voir le résultat. Prends ton temps. À bientôt, Harold. »

Et disparut la Fée Dora, présidente du Conseil des Anges.

« Changer de silhouette ? »

Le conseil était bon.

Harold s'amusa beaucoup ; ce miroir était vraiment magique. Il commença un défilé de mode en pensées ; une véritable séance d'essayage virtuelle. Il lui suffisait de rêver à des vêtements ou à des accessoires pour s'en voir aussitôt affublé ! (Il se dit ce que serait un cadeau de Noël rêvé pour certaines petites filles coquettes !...)

Après avoir lâché la bride à son imagination (Harold en chevalier de la Table ronde, Harold en général romain, Harold en Pharaon, Harold gros, grand, minuscule, Harold en reine Victoria, et cetera), notre ami réfléchit sérieusement à ce qu'il devait élire. Quelle était l'image, la silhouette qui le réconfortait toujours, celle qui lui inspirait le plus de bonhomie et de gentillesse ? Il pensa aussitôt au Falou qu'il venait de voir sur la lettre de la Fée. Le bon et gros Falou ! !

Harold n'oublia pas non plus saint Nicolas. Il voulait ajouter certains attributs de ce grand personnage. Pour hommage et par respect.

Le mélange des deux donna assez bien... *le Père Noël* !

Hormis ce petit regard, ces yeux pétillants et très enfantins, il était maintenant très difficile de reconnaître notre ami Harold, neuf ans, derrière ce gros bonhomme à la longue barbe blanche, au bonnet rouge, à la longue houppelande et aux hautes bottes noires !

Mais comme il était sympathique ce Père Noël !...

Chapitre 9

Le premier Noël du Père Noël

Croyez-le ou pas, tous les jouets étaient prêts trois jours avant la date prescrite aux lutins.

Le soir de Noël, les paquets-cadeaux avaient été entreposés dans le gigantesque traîneau des huit rennes. Harold était revêtu de son habit rouge et de sa longue barbe blanche. Tous les lutins étaient sur la place centrale du village afin de voir l'attelage s'envoler. Le départ avait été annoncé pour minuit.

Tous les lutins ?

Pas tout à fait.

L'un d'eux manquait.

Il était dans la fabrique de jouets. Seul. Les machines avaient été recouvertes de housses, tout était rangé et remisé jusqu'à la prochaine liste des enfants.

Notre petit lutin ne faisait que passer un dernier coup de balai à l'établi où il avait œuvré sans interruption pendant des jours. Il vaquait paisiblement à son occupation, l'esprit satisfait d'avoir accompli sa tâche, mais tout de même *préoccupé* : comment

Harold allait-il s'y prendre pour réaliser cette distribution de cadeaux ? Il lui faudrait une éternité ! Déjà l'envoi et la réception des petits papiers étaient mystérieux, mais alors là ! On avait beau être un lutin, faire partie d'un monde de magie et de rêve, c'était tout de même difficile à concevoir.

« Il doit avoir un truc, se dit le lutin. Ou alors il est inconscient et ce Noël va être un désastre. »

Il secoua la tête en se refusant de voir tout en noir.

Mais soudain il s'arrêta net de balayer.

Il regarda autour de lui.

Quelque chose n'allait plus.

Pourtant il avait beau chercher, personne n'était entré, pas un objet n'avait changé de place.

Pourquoi ressentait-il un tel sentiment de bouleversement alors que rien ne ?...

« Oh ! »

Chers lecteurs, vous souvenez-vous que les lutins, toujours prévoyants et précautionneux, avaient suspendu aux murs de la fabrique de nombreuses horloges, des calendriers et des coucous pour toujours savoir le temps qui leur restait avant d'achever les cadeaux de Noël ?

Eh bien, toutes les horloges étaient arrêtées ! Oui. Plus un seul tic tac ne résonnait dans la vaste pièce. Ce son pourtant obsédant, qu'on avait fini par oublier tant il était constant, s'était complètement tu.

Le lutin, médusé, s'approcha d'un cadran.

C'était la même chose partout : l'aiguille des secondes était immobilisée entre la cinquante-neuvième et la première de la première minute du jour de Noël.

« Nom d'un lutin ! »

Notre témoin fit un bond et partit à toutes jambes vers la place.

Mais Harold venait de s'envoler sous les hourras de ses amis.

Lorsque le lutin de la fabrique arriva près des siens, il entendit l'un d'eux dire : « Mais il n'aura jamais le temps de distribuer tous nos cadeaux !

– Oh si, répondit le lutin qui savait. Oh si !... c'est incroyable. Harold a eu connaissance du *Pouvoir*. Il a *interrompu* le temps ! Voilà comment s'y prend le Père Noël !»

L'enfant, sous son déguisement de grand-père, traversait le ciel du Grand Nord à toute vitesse. Rien n'était plus vivifiant que ces voyages dans les hautes sphères, Harold se sentait libre et joyeux. Les rennes allaient parfaitement, puissants et déterminés. Le paysage était sans équivalent : la lune réfléchissait son éclat argenté sur une mer de nuages blancs, loin au-dessous du traîneau. Harold assistait à un ballet étourdissant d'étoiles filantes, *figées* en pleine descente, Temps suspendu, le ciel était splendide.

Dans ce ciel de nuit précisément, loin de la planète au-dessus de laquelle volait en ce moment l'attelage du Père Noël, dans la constellation du Petit Cheval, dans le monde des Anges, au Grand Comité, tous les membres s'étaient regroupés autour de la table géante et un immense écran retransmettait la progression de Harold. On venait assister au premier Noël de la nouvelle ère. La Fée Dora présidait comme à son habitude.

Tous se taisaient.

Comment le garçon choisi par Balbek allait-il s'en sortir ?

Harold décida de commencer par Cokecuttle. Il survola les toits des maisons, les placettes, les tours des fabriques (certains savent à quoi cela ressemble, n'est-ce pas ?), tout était immobile et silencieux. La fumée qui sortait des conduits de cheminée était immobilisée, immuable et ondulée comme une écharpe de soie ; Harold s'amusa à observer certains passants dans les rues, pressés de rentrer chez eux ou de se rendre à la messe de la Nativité, immobilisés en pleine course, un pied en l'air, comme des statues. Le cours d'eau du Hollowspring était plus lisse et plus miroitant que jamais. Le temps avait tout arrêté.

Le Père Noël tenait sa liste de présents pour Cokecuttle.

Une demi-douzaine de lutins avait auparavant reçu la responsabilité de constituer les cartes de voyage pour Harold. Avec les rennes, ils firent des vols dans les grandes villes pour dénicher des plans des rues et des adresses, les cadastres, ils se glissèrent aussi dans les meilleures bibliothèques afin de recopier la nuit les plans des pays, leurs reliefs, leur faune et leur flore. Tout devait être analysé et su pour le grand jour. Le « Père Noël » ne devait en aucun cas se retrouver surpris par une colline imprévue, ou une adresse d'impasse introuvable dans un quartier obscur de Londres. Les plans du village de lutins furent bientôt les plus exacts qui se puissent trouver sur terre.

Harold commença par l'hôpital, près de la fabrique aux jouets où il se réfugiait avec Joe. Ancien apprenti ramoneur, c'est tout naturellement qu'il avait décidé d'entrer chez les familles par leurs cheminées. À l'hôpital, il rejoignit l'étage des enfants, sans avoir manqué de croiser au préalable les trois infirmières qui avaient crié au miracle devant son papier cadeau du cheval à bascule, et le fou toujours nu qui se pensait poursuivi par un diable vorace. Du reste le fou était en ce moment statufié dans les airs, les mains en position de s'arracher les cheveux, la bouche ouverte par un cri.

Harold récupéra les noms des enfants alités et déposa avec soin chaque cadeau en réponse aux lettres reçues.

Il s'envola ensuite à l'orphelinat de End's End, anciennement sous la férule de Miss Parrott. Beaucoup de choses semblaient avoir changé depuis le départ de la mégère : c'était plus salubre, et les enfants étaient moins faméliques. Lorsque les conduits de cheminée étaient trop étroits pour laisser passer sa grosse carcasse de Père Noël (comme à End's End), Harold retrouvait pour un instant sa silhouette enfantine et se glissait dans les bouches sombres. Il se doutait bien que s'il était repéré comme « gros » Père Noël, beaucoup d'adultes à l'esprit chagrin gloseraient bientôt sur le fait qu'un tel personnage ne pouvait pas entrer par les cheminées ! Que c'était « impossible » ! Qu'il « n'existait pas » ! Idem pour les feux dans les foyers : « Votre Père Noël devrait être rôti chez tous ceux qui se sont fait un feu de bois pour le réveillon ! » C'était sans compter que le temps interrompu immobilisait la fumée *et* les flammes, ces dernières rendues aussi inertes et inoffensives que du papier froissé.

Dans les cheminées justement, en ce soir de la Noël, la tradition voulait qu'on brûlât la fameuse bûche magique, celle sur laquelle les adultes déposaient leurs vœux pour l'année et dont ils gardaient précieusement les cendres ; ceux qui ont de la mémoire se rappellent que Harold avait été choqué de voir que les enfants étaient écartés de cette tradition. Eh bien, il avait demandé au pâtissier des lutins de lui confectionner une bûche en chocolat pour chaque famille de sa tournée ! Et il irait poser cette bûche sur la table du dîner avec l'indication claire qu'elle était destinée aux petits.

Harold posa cette bûche dans la grande demeure de la famille du Lord-maire John Edmund Cuttle qui avait dit de lui : « De tous les cas indignes qu'il m'ait été donné de juger dans cette assemblée, ton cas, sacré chenapan, est celui qui m'arracherait le plus épouvantable cri d'horreur, si j'avais l'incorrection de laisser paraître mes sentiments ! » Le père Noël venait chez cet homme pour répondre à sa petite fille de six ans et lui offrir une poupée, mais les lettres des deux fils avaient été refusées par la balance de justice : c'étaient des gredins menteurs et querelleurs ! Deux nigauds.

Harold fut très ému de retrouver Joe et sa sœur Emma. Ils vivaient à présent loin du terrible mari, dans une charmante maison au-dehors de Cokecuttle. Le garçon semblait avoir retrouvé sa santé et Emma travaillait aux champs. Heureuse. Nul doute que la bonne Fée Dora s'était inquiétée de leur sort, se dit Harold. Il vit dans un coin de la chambre de Joe le petit cheval à bascule qu'il lui avait offert. Le premier cadeau du Père Noël !

« Dire que tout a commencé avec lui. Ce petit jouet. Mon Dieu... mon Dieu, quelle histoire !... »

Joe avait demandé un jeu de billes au Père Noël. Son ami le lui offrit avec une joie immense.

Harold passa sur Londres et Manchester à la vitesse de l'éclair. Parfois, sur la même cheminée que lui, il rencontrait un petit ramoneur, lui aussi en plein travail. S'il savait !

À Paris, le Père Noël eut du mal à entrer dans certaines maisons insalubres, quelques-unes sans cheminée malgré l'hiver.

À Moscou, des enfants avaient déménagé entre l'envoi de leurs lettres et la nuit de Noël. Harold dut finalement déposer les cadeaux chez un prêtre qui lui semblait franc et honnête pour qu'il retrouve la nouvelle adresse des petits.

Toujours en Russie, il eut toutes les peines du monde à situer une habitation perdue dans les grandes plaines. C'est à ce moment que le Père Noël se dit qu'il devrait mettre au point un système pour trouver depuis le ciel, en pleine nuit, toutes les maisons qui attendaient son passage. Il résolut de demander aux parents de décorer de grands sapins, illuminés comme celui des lutins dans la fabrique. Ainsi, même si tout le monde dort dans la maison, même si les lampes sont éteintes, du haut de son traîneau volant, le Père Noël saura trouver les logis des enfants. Les sapins de Noël le guideront. Harold s'en voulait de ne pas y avoir pensé plus tôt.

À New York, il arriva en pleine tempête de neige. Tous les flocons étaient suspendus dans les airs, c'était magnifique à voir, le traîneau bousculait la neige sur sa route. Harold pouvait lire dans le ciel la trace de son passage !

À Milan et à Barcelone, il accrocha deux fois son pantalon à une girouette de cheminée et le troua profondément. À Berlin, il resta coincé dans un conduit et dut être extrait par les rennes. Plusieurs fois, il se retrouva avec un excédent de cadeaux. Plus le traîneau se vidait et plus les rennes fusaient !

À Buenos Aires, en pleine rue, Harold aperçut des malfrats armés qui essayaient de s'en prendre à un marchand, pétrifiés comme le reste du monde. Le garçon en profita pour leur ôter leurs armes et glisser une branche de houx de son traîneau à la place. En voilà qui seraient quittes pour une bonne surprise !

Et partout le Père Noël distribuait ses jouets, ses paquets recouverts du magnifique papier cadeau, et partout il laissait une bûche en chocolat pour les enfants.

Le moment le plus touchant de ce premier Noël fut le retour de Harold dans sa famille à Sacramento. Les cadeaux pour ses trois petits frères. Tous avaient reçu l'aval de la balance. C'étaient de bons enfants. Là, il s'attarda un peu... on le comprend.

À la fin de sa tournée – pas un petit d'oublié, plus un cadeau dans la hotte du traîneau –, il revint vers Cokecuttle.

Il était temps de remettre le temps en marche.

Il était temps de se « montrer », Père Noël !

Cela faisait partie du plan de Harold.

Les rennes savaient que cela allait être une sacrée chevauchée ! Ils étaient prêts.

Harold les lança à pleine vitesse ; il reprit la même route, retraversa les grandes villes du monde, mais cette fois-ci, partout où il passait, le temps se remettait à couler, les balanciers des horloges reprenaient leur cadence, la dernière seconde du jour passait enfin !

Et le Père Noël faisait piquer les rennes assez bas, dans les grandes avenues ou près des toits. Il avait fait suspendre aux harnais des huit animaux toutes les clochettes qui sonnaient comme celle du

Falou. Ce petit tintement qui lui réchauffait le cœur au temps de Cokecuttle, il voulait qu'il devienne l'emblème du passage du Père Noël, que tous les enfants l'entendent et qu'ils sachent dès qu'il résonnait que le Père Noël et son traîneau n'étaient pas loin.

Cela ne manqua pas. Le passage du Père Noël fut aussitôt remarqué. Les enfants bondissaient dans les maisons, beaucoup étaient réveillés par le doux chant des clochettes, d'autres revenaient de la messe, d'autres encore entendaient partout dans les rues : « Regardez ! Regardez ! Le Père Noël ! C'est le Père Noël ! »

Le Père Noël saluait le monde de la main.

Beaucoup d'enfants lui répondaient. Certains adultes aussi, en robe de chambre dans les rues, stupéfaits, incertains de ne pas être encore en train de dormir et de rêver.

Quelle nuit ! Quelle joie ! Et les présents partout ! Les exclamations de bonheur, le papier déchiré, les jeux qui débutaient.

L'instant où les enfants découvraient pour la première fois le cadeau mystérieux avec leur nom écrit dessus était partout similaire, quels que soient le pays, la civilisation ou l'âge des petits : l'œil devenait brillant, il y avait un moment de flottement, d'hésitation, une seconde magnifique où tous les malheurs du monde s'effaçaient, puis une poussée de joie et tous se précipitaient ! Les parents, les amis, les adultes qui assistaient à cette seconde magique ne pouvaient y rester indifférents ; l'enfant qu'ils avaient été, lui aussi, ressentait la force de ce moment unique.

Sur le toit d'une maison de Londres, un garçon était monté à toute vitesse pour suivre le plus longtemps possible la course du Père Noël dans le ciel. Lorsque celui-ci disparut, en passant au-delà des nuages, l'enfant se saisit d'une bougie et, dans sa magnifique naïveté enfantine, l'alluma pour la pointer du bout de son petit bras vers les nuages, en espérant éclairer toute la nue et voir encore un peu le Père Noël...

Cette *bougie*, mes amis, c'est tout l'esprit de Noël. Puisse-t-il ne jamais nous quitter. Puisse-t-elle ne jamais s'éteindre, cette flamme dérisoire qui cherche le Père Noël pour le remercier et qui veut éclairer l'espace.

Il n'est pas nécessaire d'être un enfant pour comprendre cela, je pense.

Épilogue

Au Comité des Anges, c'était l'effervescence !

Personne ne s'attendait à une telle réussite, à un si beau premier Noël !

« Ce garçon est formidable.

– On ne pouvait rêver mieux.

– J'en suis tout ému.

– Comme la Fée Dora a eu raison de vouloir s'occuper exceptionnellement de cette fête des enfants !... »

Tous les membres s'unirent pour fêter leur maîtresse, mais celle-ci refusa les louanges.

« Ce n'est pas moi qu'il faut féliciter », dit-elle.

Et elle fit entrer le Génie Balbek.

Il n'avait pas mis les pieds au Conseil depuis un millénaire, depuis qu'il avait oublié ses lutins d'Écosse au jour du Grand Départ !

Notre ami était tout intimidé.

Son apparition déclencha une cascade d'applaudissements et de hourras !

« Bravo, Balbek ! criait-on.

– Sois le bienvenu parmi nous !

– Tu as mérité ton retour. »

Et tous de le complimenter et... de l'interroger.

« Mais comment t'y es-tu pris ?

– Où as-tu trouvé cet excellent Harold Gui ? »

Balbek, modeste, expliqua qu'il n'était pas pour grand-chose dans le choix du garçon. Au moment où il quittait la constellation du Petit Cheval pour retourner sur terre accomplir sa mission, il avait croisé dans les airs l'âme d'un vieil homme qui venait de mourir et qui montait au ciel. C'était celle du Falou. Les deux êtres échangèrent quelques mots. Le Falou suggéra à Balbek de s'intéresser à son petit protégé :

« Il sait déjà beaucoup de choses, lui dit-il, c'est un esprit imaginatif et prêt à tout. Tout ce que tu mettras sur sa route, il l'entendra et le comprendra. »

« Et en effet, dit Balbek à l'assemblée, ce garçon était, d'une certaine manière, mieux préparé que d'autres à rencontrer des lutins et à s'occuper des enfants. Je n'ai eu qu'à faire sonner la clochette du tribunal, attirer l'enfant en Écosse, lui faire rencontrer Lucie, lui faire ramasser les collets de Mâme Parrott et utiliser le livre magique. C'est un bon garçon, il ne pervertira jamais le *Pouvoir*. Je dois beaucoup au Falou. »

À ce moment, la Fée Dora fit rouvrir les portes du Comité et le vieil homme sympathique du pont du Hollowspring apparut, tout étonné.

« Il a gagné sa place auprès de nous, je crois. Bienvenue, Le Falou. Merci pour Noël. »

Ce soir-là, il y eut un nouvel Ange dans le ciel.

*

Au village des lutins, c'était l'effervescence !

Harold revint avec son traîneau vide et fit le récit de son aventure.

On avait organisé une nouvelle fête autour du grand sapin.

Quelle joie d'avoir réussi ainsi à faire le bonheur des enfants autour du monde ! Les lutins se promettaient de mieux faire l'an prochain, de travailler toujours et de s'améliorer ; ils étaient riches de mille idées nouvelles.

« Nous avons sauvé Noël, c'est formidable.

– Merci, Harold.

– Merci, Père Noël ! »

Ce qui les réjouissait plus que tout, c'était que la Magie d'autrefois était un peu de « retour » dans ce triste monde. Il fallait maintenant qu'elle prospère, qu'elle se diffuse, qu'enfants et adultes ne puissent l'oublier. Peut-être, avec le temps, l'esprit de Noël gagnerait-il tous les cœurs et toutes les saisons de l'année ; l'espoir alors de voir revenir sur terre les êtres de légende exilés redevenait possible.

Après le Grand Départ, le Grand Retour ?

Noël était un premier pas dans cette voie.

Mais cela, ce sera une autre histoire...

La malédiction de l'Église

(Pocket n° 11976)

À la fin du XIIIe siècle, la population de Draguan, petit diocèse du comté de Toulouse, est en proie aux peurs les plus irraisonnées depuis la découverte macabre de restes de corps suppliciés dans la rivière… C'est alors qu'un mystérieux prêtre, Henno Gui, mandé pour prendre en charge la treizième paroisse du diocèse, se présente à l'évêché. Or cette paroisse vit dans l'oubli depuis des décennies et personne ne sait ce que ses habitants sont devenus…

Il y a toujours un Pocket à découvrir

Impression réalisée sur Presse Offset par

BRODARD & TAUPIN

GROUPE CPI

38974 – La Flèche (Sarthe), le 17-12-2006
Dépôt légal : novembre 2006
Suite du premier tirage : décembre 2006

POCKET – 12, avenue d'Italie - 75627 Paris cedex 13

Imprimé en France